講談社文庫

神の時空(とき)

京の天命

高田崇史

講談社

當國籠之(この)大明神は、
是(こ)れ日本第一の神明、
鎮護國家の霊社、
伊勢豊受(とようけ)宮外宮の本社なり

『丹後國一宮深秘』

傘松公園
天橋立
ケーブルカー・
リフト
真名井神社
籠神社
天橋立
宮津湾と阿蘇海を
南北に隔てる砂州
阿蘇海
宮津湾
智恩寺
至
豊岡
京都丹後鉄道宮豊線
天橋立駅
モノレール・リフト
天橋立ビューランド
N
至 宮津

◉登場人物紹介◉

象潟京（きさかたみやこ）　松島・鹽竈（しおがま）神社の氏子。

樒祈美子（しきみきみこ）　京都・伏見稲荷の氏子。狐憑きの家筋。

觀音崎栞（かんのんざきしおり）　嚴島神社の氏子。安芸（あき）大学の四年生。

四宮雛子（しのみやひなこ）　伊豆山に住む四柱推命（しちゅうすいめい）の大家。

六道佐助（りくどうさすけ）　京都東山に住む「傀儡師（くぐつし）」。

火地晋（かちすすむ）　常に「猫柳（ねこやなぎ）珈琲店」の片隅で原稿を書いている老歴史作家。幽霊。

………………

高村皇（たかむらすめろぎ）

磯笛（いそぶえ）　高村の部下。

［辻曲家］

もともとは中伊豆の旧家で、清和源氏の血を引いている。先祖には尼や巫女となった女性がおり、その中にはシャーマン的な能力があった者もいた。現在は、長男の了を家長として、四兄妹で東京・中目黒の古い一軒家に暮らしている。

了　辻曲家の長男。
渋谷のカレーショップ「リグ・ヴェーダ」の経営者。

彩音　長女。神明大学文学部・神道学科大学院生。

摩季　次女。鎌倉・由比ヶ浜女学院一年生。

巳雨　三女。お下げ髪の小柄な小学五年生。

福来陽一　了のカレーショップの常連客。ヌリカベ。

グリ（グリザベラ）　巳雨に拾われたシベリア猫。辻曲家の一員。

神の時空（とき）

京の天命

《プロローグ》

日本三大伝説、あるいは「日本三大悲恋物語」と呼ばれている伝説がある。

一つは「羽衣伝説」、もう一つは「松浦佐用姫伝説」、そして三つめは「浦島太郎伝説」だ。

だが「日本三大」といっても現在は、浦島太郎伝説だけが突出して全国的に有名になっており、他の二つの伝説に関しては、地元では非常に有名だが、全く耳にしたこともないという人たちも大勢いるだろう。

また、更に不思議なのは、普通「日本三大」何とかといったなら、各地方の代表的な物を集めてくるものだ。なのに、これらの伝説のうち「羽衣伝説」と「浦島太郎伝説」の二つまでもが、ここ京都・丹後が舞台となっている。

確かに丹後には「丹後七姫」と呼ばれる女性たちが存在していて、彼女たちに関連する地域がある。ちなみに、その七人は、伝説の「乙姫」「羽衣天女」から始まり「小野小町」「静御前」「細川ガラシャ」「間人皇后」「安寿姫」あるいは「川上摩須郎女」だ。もっと言ってしまえば「かぐや姫」伝説も、この地から生まれている。丹後はこれらの実に錚々たる女性たちに関わる土地なのだから、伝説も多く残っているのは分かるが、それにしても、この偏りは、一体何故なのだろう？

それが、ずっと昔から心に引っかかっていた——。

辻曲敬二郎は、小型の観光バスに揺られながら、左手に広がる若狭湾に視線を移した。バスは、丹後半島沿い片側一車線の細い道を、うねりながら走る。運転席後部に設置されたモニター画面には、先ほどからずっと丹後国一の宮・籠神社に関する説明VTRが流れている。

それをじっと眺めては時折大きく頷いている人、あるいは持参した資料に目を落としたままの人、または敬二郎の隣に腰を下ろしている妻の菊奈のように、バスの揺れに身を任せたまま軽く目をつぶっている人——。

さまざまだった。

ただ、ここにいる全員に共通していることがある。それは今回、バスの最前列の席に腰を下ろしている、國學院大学教授・潮田誠の話を聞きに、そして教授と共にフィールドワークを体験するために、ここ天橋立までやって来ているということだ。

敬二郎は東京からだったが、遠くは九州や東北から、職業も学校教師や歴史作家、あるいは自営業とまちまちだった。だが、日本の古代史、特に一般書では目にすることもないような裏の歴史に精通している潮田教授主催のツアーに、誰もが嬉々として参加しているということは間違いない。もちろん、敬二郎もその中の一人。

そして今、参加者全員を乗せた小さなバスは、訪れたばかりの「浦嶋神社」から、天橋立のたもとに鎮座する籠神社へと向かっているのだった。

ほんの少しだけ陽が傾き始めた海の遥か彼方に、大小の島が見える。冠島と、沓島だ。そんな風景を、ぼんやりと眺めながら、敬二郎は再び先ほどの「日本三大悲恋物語」を思う——。

今では余り知られなくなっている「松浦佐用姫伝説」は、肥前国——現在の佐賀県や長崎県に伝わる物語で、『肥前国風土記』や『万葉集』や、直接的ではないが『平家物語』などでも取り上げられているし、また、世阿弥自筆の『松浦之能』も残されている。そして、享保七年（一七二二）には何と、禁裏御所御能として、この能と同系の『松浦鏡』が演じられたほど、当時は有名な伝説だった。

その話の内容はというと——。

第二十八代・宣化天皇の命を受けて新羅に出征するために肥前・唐津に訪れた大伴狭手彦は、土地の長者の娘である佐用姫と恋に落ちてしまう。しかし出征の日がやってきて、二人は別れなくてはならなくなった。佐用姫はそれを悲しんで、狭手彦の乗った船をどこまでも追いかけ、当時の女性の装身具である「領巾」を、一心に振り続けた。しかし、無情にも船の姿は海の彼方に消え、泣き疲れて倒れた佐用姫は、そのまま石になってしまった——という伝説だ。ちなみに能では、狭手彦の形見の鏡を抱いて入水（じゅすい）したことになっている。

確かに、これは「悲恋」だろう。

だから人々も、佐用姫が亡くなった山を「領巾振山（ひれふりやま）」と名づけたほどだった。

〝しかし——〟

ここ丹後が舞台となっている「羽衣伝説」と「浦島太郎伝説」はどうだろう。

まず羽衣伝説は、

「いや疑ひは人間にあり、天に偽りなきものを」

などの科白（せりふ）で有名な、作者未詳の能「羽衣」がある。但しそれは、丹後ではなく、駿河（するが）国を舞台としている。

三保松原（みほのまつばら）の漁師、白竜（はくりょう）は、松の木に掛かっている美しい衣を見つけた。そこで彼は、それを家に持ち帰ろうとする。すると天女が現れて、衣を返してくれと懇願する。天女は、その羽衣がないと天に帰ることができなくなってしまうと言って嘆き悲しむ。そこで、その姿を哀れんだ白竜は、舞を見せてくれれば羽衣を返すと言って、天女は喜んで舞を舞い、天へと帰って行く。

その後の説話としては、男が妻の父親から難題を課せられ、それを天女の援助によって克服し、二人で逃げるという型と、男の隠しておいた衣を天女が見つけ出し、それを身につけて飛び去って行くという型がある。

ところが『丹後国風土記逸文』となると、少し違ってくるのだ。

老夫婦が、水浴びしている天女たちを見つけ、そのうちの一人の衣を隠してしまう。そのために天に帰れなくなった天女を、自分たちの子として育てることにする。天女は酒を醸し、おかげで彼らの家は非常に富み栄えた。すると彼らは、もう用済みとなったから出て行けと言って、天女を家から追い出してしまう。そこで、天にも帰れず、住む家も失った天女は、

天の原　ふりさけ見れば
霞立ち　家路まどひて
行く方知らずも

と泣きながら歌を詠み、一人彷徨い歩く。やがていつしか、奈具という村に辿り着き、そこに腰を落ち着けることにした。そこで人々は、その天女を「豊宇賀能売命」として祀ったという――。

この神はもちろん、やがて伊勢神宮外宮に祀られることになる「豊受大神」なのだ

が、これはどう読んでも「悲恋」ではなく「悲劇」なのではないか。特に、そこで人々に祀られたということは、つまり彼女は、その地で亡くなったという意味だ。

　確かに、丹後半島のほぼ中心部に位置する磯砂山に伝わっている伝承では、羽衣を見つけた猟師の三右衛門と、天女の間に愛情が芽生えるという話になっているが、この豊宇賀能売の物語は、実に残酷で救いのない「悲劇」だ。

　悲劇といえば、小学唱歌にまでなっているほど有名な「浦島太郎」もそうではないか。この話は、室町時代に成立した作者不詳の異国物で『御伽草子』の一編だ。

　丹後国の漁師・浦島太郎が浜辺で助けた亀に乗って竜宮城へと行くと、海神と乙姫から歓待を受ける。やがて帰る時期になり、竜宮城を出て行くのだが、その際に「決して開けてはいけない」と言われて玉手箱を手渡される。しかし、もとの浜辺に戻った太郎は、竜宮城で自分が感じていた以上に、もとの世界の年月が過ぎ、父母も亡くなって、すっかり変わってしまった故郷に絶望し、決して開けるなと言われていた玉手箱を開けてしまう。すると、箱の中から煙が立ち昇り、太郎は白髪の老人になった――あるいは、鶴になって飛び去った――という、何とも後味の悪い話だ。

　敬二郎は、再び若狭湾に浮かぶ冠島を見た。

　あの島は、別名を常世島。あるいは、息津島とも呼ばれ、丹後国一の宮・籠神社の主祭神である、彦火明命が降臨されたという伝承もある。

　そして籠神社といえば、その宮司の家系は天皇家と同じ血筋で、同等か、それ以上の古い歴史を持っている。その証拠が、神社所蔵の国宝「籠名神社　祝部氏系図」——いわゆる「海部氏系図」と、「海部氏勘注系図」だ。

〝そうだ〟

ひょっとすると、その中にこれらの疑問を解くための、何らかの手がかりが残っているのではないか。

というのも浦島太郎は、実在の人物として『日本書紀』に登場しており、また実際に神社の境内にも、それらしき人物が亀に乗っている像が建っていると聞く。そうであれば、海部氏の系図に何らかの形で、その名前が登場していてもおかしくはない。

〝きっと、ある〟

必ず、日本の歴史の根幹に関わるような文章が、そこに隠されているはずだ。そう確信すると同時に、軽い武者震いに襲われ、思わず拳を握りしめた時、

「あっ」

と、運転席のすぐ後ろに座っていた福来俊夫が叫んだ。やはり敬二郎と同じく、東京から夫婦で参加したという歴史作家だった。年齢も近かったので、後ほどゆっくりお話ししましょうと約束していたのだが——。

　その声に目を上げれば、一台の乗用車が片側一車線のセンターラインを越えて、敬

二郎たちの乗ったバス目がけて突っ込んできたのだ。運転手は急ブレーキをかけ、同時に大きくハンドルを切る。

狭い車内は、悲鳴で埋まった。

ドン！　という激しい衝撃を感じ、敬二郎たちは目の前の座席にしがみついた。バスは一旦大きく振られたが、何とか体勢を立て直そうとした。

危なかった……。

身を乗り出して、ホッとため息をついた時、運転手が突然ガクリと倒れ込んだ。それを見た潮田教授が、あわてて運転席に飛び込んでハンドルを握る。

「教授っ」

福来俊夫が再び叫ぶ。

しかし、すでに遅かった。

敬二郎たちを乗せた観光バスは、背の低いガードレールを乗り越えると皆の大きな悲鳴と共に、何度も何度も横転しながら若狭湾へと転落していった――。


八年前。

天橋立で起こった観光バス転落事故は、運転手を含めた乗客全員が死亡するという、最悪の結果となったのである。

1

宮城県、松島。

松島湾に浮かぶ約二百六十もの島々が「日本三景」の一つと賞賛される、素晴らしい景勝を作りだしている。

万葉の昔より、美しい月と歌枕の地として知られ、松尾芭蕉も『奥の細道』で「松島の月まづ心にかかりて」と述べているほどだし、実際にその趣深い情景は、かのアルベルト・アインシュタインの目を見張らせ「月が……」と、絶句させてしまったという。

芭蕉も足を運んだ際に「松島は扶桑第一の好風」――日本一の美景、「ちはやぶる神の昔、大山祇のなせるわざにや」――遠い神代の昔に大地を統べていた大山祇神のなせる業であろうか、と感動している。

ちなみに、その時に詠んだとされる、
松島や　ああ松島や松島や

という句は、後世の狂歌師の作だ。しかし現地を訪れた際に、芭蕉は余りの景色に圧倒されてしまい、良い句を詠むことができなかったというのは事実のようだ。

また「西行戻しの松」で有名な公園は、今や桜の一大名所となっているし、天長五年（八二八）慈覚大師円仁によって開創され、江戸時代には伊達政宗が再興した瑞巌寺は、大漁歌い込みの「斎太郎節」で有名になっている。

更に、やはり円仁によって五大明王像が祀られた五大堂は、今や松島のシンボルとなり、その他、「壮観・大高森」「麗観・富山」「幽観・扇谷」「偉観・多聞山」などの、いわゆる「松島四大観」などなど、松島の景勝地を挙げていけばきりがない。

その松島、塩竈――。

象潟京は、目の前に続く長い石段に左足をかけると、いつも通り、ゆっくりと登り始めた。

この石段を登った先は、陸奥国一の宮・鹽竈神社本殿。

松島湾を眼下に望む塩竈市一森山に、この神社は鎮座しており、こちらも『奥の細道』の中に「塩竈の明神に詣づ」と書かれ、同じ境内に建つ志波彦神社と共に「志波彦神社鹽竈神社」と呼ばれている。眼下の塩釜港は、古代の朝廷と海路で直接結ばれていたため、平安時代の文献にもその名が見える。それほど由緒正しい古社だ――。

京の額は、まだ登り始めたばかりだというのに汗で光っていた。午前中だというのに、日差しが強い。

というより、ここ十日ほどは雲がない晴天続きで、雨が一滴も降っていないのだ。

そのせいだろうか、神社を護るようにぐるりと茂っている緑の木々たちも、どことなく精気が失われているように感じる。

そんな中を、京は参拝する。

家も近く、氏子になっていることもあり、週に一、二回ほどの頻度でやって来ているが、毎回必ずこの長い石段を登るとも限らない。たとえば大雪の後などは、東側まで回って、志波彦神社近くの緩やかな参道を利用することもあった。

京は流れ落ちる汗を拭いながら、一段ずつ登る。

幼い頃は、毎回こうやって父親の隆司に連れられて登った。途中で「もう無理！」と泣き出して叱られてしまったこともあったが、そんな時、隆司は結局、京をおんぶして境内まで登ってくれたっけ……。

ふと、そんなことを思い出した。

その隆司も、八年前に天橋立の事故で他界してしまい、それからずっと母親の恵子と二人暮らし。口うるさい親戚などは顔を合わせる度に、そろそろ結婚を、と言ってくるのだが、あいにく仙台の職場でも、また地元でも、この人と思える男性に巡り会えていなかった。

しかしこれは、父親の隆司の影響もあるのだと思う。

京に対しては異常に優しかったにもかかわらず、隆司は実に頑固な学者肌の高校教師で、日常的に周囲と摩擦が絶えなかった。そして、そのたびに母の恵子が当たられる。京は恵子の苦労を、幼い頃からずっと近くで、こっそり見て育った。

そして、八年前の事故――。

隆司は、参加人数限定の日本秘史探訪ツアーの抽選に当たったのだといって、とても楽しそうに旅行に出た。折角、西日本まで出かけるのだから、奈良や京都市内も回るのだと言って、三泊四日の予定を立て、珍しく嬉々として一人で出かけて行った。

しかし。

隆司の乗った観光バスは、海に転落して全員死亡。

その連絡を受けた恵子は半狂乱になって、親戚と共に大急ぎで天橋立まで向かったが、今さら何をどうしようもなく、それ以降、母はすっかり落ち込んでしまい、鬱々として暮らしている。やはり、あんなに口うるさく我(わ)が儘(まま)な父でも、母にとっては大切な人間だったのだということを改めて知った……。

京は突然そんなことを思い出して、胸のうずきを覚えながら二百二段の石段を登り切り、重厚な随身門(ずいじんもん)をくぐって境内へと入る。目の前の手水舎(てみずや)で手を清めて口を漱(すす)ぐと、一つ大きく深呼吸し、ペットボトルの水をゴクリと飲んで右手に向かった。

神社の境内正面奥には、入母屋造り朱漆塗り銅板葺桁行き七間、梁間四間の拝殿があり、その奥に三間社流造りの左右宮本殿がある。

そして、拝殿から向かって右側の左宮（神様から見て左側）には建御雷神、左側の右宮（神様から見て右側）には経津主神が祀られている。

また、京が今向かっている境内の右手側には、やはり入母屋造りで、桁行き五間梁間三間の別宮拝殿と、その奥には別宮本殿があり、鹽土老翁神が祀られている。

この三本殿二拝殿の様式は全国的にもかなり珍しいが、更に特徴的なのは、参拝時には本殿よりも先に、まず別宮の鹽土老翁神からお参りするのが正式な作法とされている点だ。

神社祭神に関しては、古より諸説があり、江戸時代の頃まで定まっていなかった。というより、そもそも神社の名称も「鹽竈宮」や「鹽竈明神」と呼ばれるなど、確定していなかった。しかし現在では、

御祭神　鹽土老翁神
　　　　建御雷神
　　　　経津主神
相殿神　（春日神社）天児屋根神

比売神
藤原鎌足朝臣

と確定されている。

鹽土老翁神――という神は、京たち以外の地域の人たちには、聞き慣れない名前かも知れない。しかし、日本神話では非常に活躍している神だ。その中でも、最も有名な話は『海幸彦・山幸彦』の話だろう。

遠い昔、海の漁を生業とする海幸彦（火照命）と、山の猟を生業とする山幸彦（火遠理命）という兄弟の神がいた。ある日二人は、自分たちの道具である釣り鉤と弓矢を交換する。しかし、やはりお互い獲物は捕れなかったため、道具を元に戻し合うことにした。ところが山幸彦は、兄の釣り鉤をなくしてしまっていたので、必死に謝ったのだが、海幸彦は決して許さず、山幸彦は一人、海岸で悩んでいた。

そこに現れたのが、鹽土老翁神だった。山幸彦は、その鹽土老翁神の助けによって、海神の住む宮殿へと行き、なくした釣り鉤を無事に手に入れることができたのだった――。

そこはかとなく、浦島太郎を彷彿させる話だ。

また、京が興味を抱いてわざわざ調べた『日本書紀』によると、この鹽土老翁神は

「伊弉諾尊の子なり」という立派な神であり、神武天皇に「東に美き地有り」と進言して東征を勧めた人物とある。

だから一説では、日本の歴史の重要な部分で何度も関与しているこの神こそが、鹽竈神社の真の主祭神ではないかといわれている。

ところが、実際にこうして神社境内を眺めてみると――。

鹽土老翁神のいらっしゃる別宮は、松島の海に背を向けて建てられている。

もしも鹽土老翁神が、この神社の主祭神であり、また海の神でもあるとしたら、なぜ、この美しい海に背を向けていなくてはいけないのだろうか？

これは、以前に京も不思議に思って、直接神職に尋ねたことがある。すると神職からは「鹽土老翁神に、海を背負っていただく」という意味があるのだと教えられた。京は、その場では納得したものの、正直に言ってしまえば、今でも心の片隅に何かが引っかかったままだ。

また、隣の志波彦神社の祭神・志波彦大神も謎の神だ。もともとの土着神で夫婦神であったといわれているのだが、その名前の意味からして良く分からない。

これは、あくまでも推測らしいのだが「シワ」は物のシワ、端を指す言葉とされていて、ゆえに仙台から岩手にかけて「シワ」という地名が点在しているのは、大和朝廷の北進によって、朝廷の勢力圏の端が北に拡大していったことを示しているのだという。

本当にそうなのか。

さすがに、取ってつけた理屈のような感じだ。

だが京にしても、これらの伝承に反論するだけの理論は持っていない。だから、一応諒解してはいるのだけれど――。

いや、きっとそうなのだ。

〝京は、いつもうるさいよ！〟

幼かった頃の友人の声が、頭の中に蘇る。

〝いちいち、そんな細かいことに拘らなくったっていいんだよ。面倒臭え女だなあ〟

確かにそうなのだ。分かっている。

自分には、昔からそんな癖があることを。

参拝に来れば、毎回、左足から石段を登り始めるし、手水舎では必ず左手から洗い、口は二回すすぐ。そして柏手は毎回、左手の中指を指関節一つ分だけ前に出してから打つ……。

確かに、そんな我が身を振り返って考えてみても、それら全てに明確な理屈を持って行っているわけではない。昔からそうしているから――そうしないと気持ちが悪いので――今も続けているというだけの話だ。

というより「失敗したくない」というのが、京の本心かも知れない。他人の失敗は、多少許せても、自分の失敗は許せない。だから、きちんとした作法に則って行動する。

京は、ゆっくりと別宮拝殿へと向かった。

しかし、暑い。

頭上からも足元からも、物凄い熱気が襲ってくる。

途中で、地元の参拝者にすれ違って挨拶を交わした。

やはり熱心な氏子で、京たちとは家族ぐるみでつき合っている並木さんの奥さんの雪子と、今年四歳になったばかりの一人息子の雄太だった。

体が弱く、いつも病気がちの雄太は、会うたびに「京姉ちゃん」と言って慕ってくれるので、とても可愛がっていた。この間の例祭でも、京の姿を見つけて嬉しそうに走って来た。だから京は雄太に、駄菓子や玩具を、ついつい買ってあげてしまった。

その例祭といえば——。

神社近く、塩竈市本町に、境外末社の御釜神社がある。そこでは年に一度、昔ながらの製法によって塩を精製する「藻塩焼神事」が執り行われ、その塩が鹽竈神社へと奉納される。そして、この製塩方法を伝えた人物こそ、鹽土老翁神だといわれている。もちろんそれまでも、製塩は行われていたが、鹽土老翁神がこの地にもたらしたている――。

「鉄製の竈」によって、それ以降の製塩の効率が飛躍的に上がったという伝承が残っている――。

「バイバーイ」

と笑いながら言って左右宮本殿へと向かう雄太たちと別れて、京は別宮へと向かった。そして、歩きながら思う。

今の「製塩」「鉄製の竈」などを考えると、やはり、ここ鹽竈神社の主祭神は、別宮にいらっしゃる鹽土老翁神で間違いないのではないか。だが、参道正面の境内には、建御雷神と経津主神が鎮座しており、肝心の鹽土老翁神は、脇に鎮座している。

どういうことなのだと、誰かに尋ねてみたくなる。

何か理論的に落ち着かない……。

悪い癖が、また頭をもたげた。

こうやって、いつも友だちをなくすのだ。

京は考えを振り切るようにして、別宮の前に立つと二礼した。そして、柏手を打とうと手を前に挙げた時。

突然、地の底から沸き上がってくるような大きな音が、京の全身を包み込む。

えっ、と思って辺りを見回すと、境内中の木々が波のように大きく揺らいでいる。

突風だ。しかも、まるで竜巻のような。

それが、真っ直ぐ左右宮本殿へと向かって来ている！

京は急いで拝殿の中に逃げ込むと、しっかりと柱を抱いてうずくまった。外では数名の参拝者が、大声を上げながら逃げ惑い、何事かと飛び出して来た神職や巫女（みこ）たちが、足をすくわれて倒れ、あるいは体ごと吹き飛ばされた。たとえなどではなく、現実に巫女の体が宙に舞っているのだ！

轟々と音を立てて境内を横切る竜巻に、拝殿脇の多羅葉樹（たらようじゅ）も、樹齢八百年ともいわれる御神木の杉の大木も、メキリ、メキリと折れ、枝葉が天高く舞い上がる。京が身を隠している拝殿も、ぐらりと左右に揺らぎ、拝殿前面に並べて吊されている鈴は、音を立てて次々に吹き飛ばされてゆく。

境内に響き渡る、ガランガランという大音響にそちらを見れば、人の背丈を超えるほどの文化燈籠が参道を転がっていた。

「うわあっ」

「どうなってるんだ！」

「本殿の屋根がっ」

などという悲鳴にも似た声があちらこちらで上がり、轟音の中、さらに大声が響き渡った。今度はそちらに視線を移すと、

〝まさか！〟

京は絶句する。

ついさっき、くぐってきたばかりの随身門——三間一戸朱塗りの八脚門が、竜巻の直撃を受けて、ぐらりぐらりと前後左右に傾いでいるではないか。

「危ないぞっ」

誰かが声を上げ、京も自分の目を疑ったその時。

竜巻に煽られて、小さな子供が京の前に倒れ込んできた。誰かと思って見れば、雄太だ。おばさんは？　と探しても見つけられない。

「雄太！　こっちよ」

京は柱につかまりながら、必死に片手を伸ばす。

雄太は、大声で泣きわめきながら、何とか京の手をつかんだ。そこで京が、雄太を自分の方へ引き上げようとした時、更に激しい突風が二人を襲い——。

二人の手がスルリと離れた。

「あっ」

と思う間もなく、雄太の小さな体は境内を、鞠のように転がって行く。

「雄太あーっ」

京は走り出そうとしたが、足が震えて一歩が出ない。するとすぐその後ろから、

「雄太！　どこなのっ」

雪子が突風を背に受け、倒れ込むようにして京の目の前を通り過ぎて行く。

「並木のおばさん！」

京は大声で呼びかけたが、雪子の耳には届かなかった。いや、届いていたとしても、何をどうすることもできなかったろう。

そして、随身門の柱の手前で倒れている雄太の姿をようやく見つけた雪子が、喚き（わめき）ながら門まで辿り（たどり）着いて雄太の体の上に覆い被さった時、

「うおっ」

辺りから大声が上がった。

随身門が、大音響と共に倒れたのだ。

門は境内中に轟音を響かせながら、二百二段の石段を落下して行く。同時に、石段もバラバラと崩れ落ちる。

京は、その無残な光景の前に言葉も出ない。

ただ全身が震え、食いしばった歯が音を立て、先ほどまでとは違う、嫌な冷たい汗が体中から噴き出した。

やがて随身門は、竜巻に押し落とされるようにして、京の視界から消えた。ただ、石段を転げ落ちてゆく音と衝撃だけが、境内を伝わる。

〝雄太っ。おばさん！〟

京は、必死に雄太と雪子の姿を探したが、二人の姿はどこにも見えなかった。

〝まさか……〟

今の倒壊に、巻き込まれたのか！

見間違いなのではないかと思い、再び目を皿のようにして見つめる。

しかしそこには、ポッカリと空いた真夏の虚ろな空間があるだけだった――。

やがて竜巻は、随身門が破壊されたのを見届けたかのように過ぎ去り、神職や巫女たちが青ざめた顔で石段の上に走り寄って来る。

「大変だっ」

「誰かが、巻きこまれたぞ！」

「すぐに助けをっ」

京も立ち上がろうとしたが、涙がボロボロとあふれ出し、足を震わせたまま、柱にしがみついているばかりだった。

＊

京都、天橋立。

丹後国一の宮の籠(この)神社奥宮である真名井(まない)神社境内を掃き清め終わった神職の上岡泰(かみおかたい)

介が、頭を振りながら竹箒をしまおうとした時、

「上岡さんっ」社務員の杉下が、真っ青な顔で参道を駆け上って来た。「た、大変なことが！」

　この若い男は、せわしなく大慌てで喋るので、またそんな調子だろうと思った上岡は、わざとゆっくり笑いかけた。

「どうしました？　また手水舎の柄杓が下に落ちて、壊れましたかね」

「そんなことじゃないんですっ」杉下は、息を弾ませながら真顔で答える。「洒落にならないです。本宮の大鳥居が！」

「大鳥居が、どうしました。ついこの間、改修工事が終わったばかりじゃないですか。とても立派になって――」

「倒れたんです！」

「は？」

「倒れちゃったんですよ。台座ごと、バタンと」杉下は、身振り手振りを交えながら叫んだ。「しかも、燃えてます」

「燃えている？」上岡は、眉根を寄せた。「石造りの大鳥居が？」

「はいっ」

「そんな、あり得ないことが」

「し、しかし、本当なんですっ。なので上岡さんも、すぐに本宮へ戻るようにと。だから、車でお迎えに来ました」

「分かりました」上岡は頷いた。どうやら、いつもの大袈裟な話ではないらしい。

「急いで戻りましょう」

二人は真名井神社の境内を飛び出すと、長く緩やかな石段を駆け下りる。

その時、地元では余り見かけない暗い顔をした、黒ずくめの服装の背の高い男性とすれ違ったが、上岡は、チラリと視線を交わしただけで通り過ぎた。何か思い詰めたものを抱えているのだろう、と上岡は思った。そんな雰囲気の男だった。

そして二人は、狭い駐車スペースに停めてあった杉下の車に飛び乗った。

天椅立。

これが「日本三景」の一つ、天橋立の古名だった。「梯子」という意味を持つ「椅」の文字を現在は「橋」に変えて「天橋立」と称している。

どうして、もとは「椅」だったのかというと『丹後国風土記』逸文や『釈日本紀』などによれば、神代の昔、伊弉諾尊が、天上と地上を結ぶための梯子を立てたが、寝ている間に海上に倒れ伏してしまった、それが現在の「天橋立」だといわれているからだ。

但しこの梯子に関しては、伊弉諾尊が天上の高天原に通うためだったとか、逆に、地上にいる伊弉冉尊のもとを訪れるためだったというように諸説ある。

しかし、とにかく現在では約三・六キロにも及ぶ、まるで龍が天に舞い上がっているかのような形状の砂嘴となって、そこには約八千本もの黒松が生い茂り、毎年約二百五十万人もの観光客が訪れる日本有数の景勝地となっている。

そんな素晴らしい道を「境内参道」としている神社が、元伊勢籠神社だ。

籠神社の歴史は古く、現在の本殿こそ養老三年（七一九）創建だが、吉佐宮としては崇神天皇の時代から存在していたといわれている。これが事実であれば、おそらく邪馬台国、卑弥呼や台予が女王だった頃からだ——。

そんな籠神社の奥宮・真名井神社は、籠神社から徒歩数分の場所、神体山である天香語山を背にして真名井原に鎮座しており、古称では、匏宮、吉佐宮、与謝宮などと呼ばれている。

宮司からの話によれば、この境内奥の磐座に、天御中主命ともいわれる豊受大神と天照大神が降臨されたのが、そもそもの始まりなのだという。

それがやがて、麓の籠神社へと遷られるわけだが、森閑とした境内には今現在も、磐座主座として豊受大神が、そして西座として天照大神・伊射奈岐大神・伊射奈美大神が祀られている。

また、聞くところによれば、この豊受大神という神は、あの稲荷神とも同体なのだという。豊受大神が、我々の前に顕現した神が、稲荷神なのだそうだ。

そう言われると、何かとても身近な神のようにも感じる。しかもその御神徳は、開運厄除・衣食住守護・諸業繁栄・夫婦和合・家内安全・受子安産・延命長寿・縁結び、と非常に多岐にわたる、文字通り有難い神なのだ。

しかし……と、上岡は鬱蒼と茂る木々を見上げた。

この神社の深遠・幽玄さは尋常ではない。毎朝こうしてやって来るたびに、身が引き締まるのを感じる。ここには、間違いなく「神坐す」。

また、この地方に伝わる民謡にも、

「伊勢へ詣らば、元伊勢詣れ。
元伊勢、お伊勢の故里じゃ。
伊勢の神風　海山越えて
天の橋立　吹き渡る」

と歌われているし、『丹後國一宮深秘』にも、こう書かれている。

「一社を賛嘆し奉るは、萬神を賛嘆し奉り、
当社へ参詣すれば、諸神に参詣するなり、
當國籠之大明神は、是れ日本第一の神明、
鎮護國家の霊社、伊勢豊受宮外宮の本社なり」

そんな伝承を裏づけるように、この真名井神社には、本殿の左右背後を取り囲むように、大小いくつもの磐座が存在しており、それぞれに立てられている石碑には、

鹽土老翁（亦名住吉同体・大綿津見神・亦名豊受大神）
宇迦之御魂（稲荷大神）
熊野大神（須佐之男神）

などとある。

特に本殿背後、大木に抱かれるように鎮座している苔むした磐座の前には石鳥居が二基立ち、夫婦和合の象徴である鶺鴒石として、伊射奈岐大神と伊射奈美大神が祀られ、ここが天照大神出生の地「日之小宮」と名づけられているのだ。ゆえに、天照大神が産湯を使われたという「産盥」と呼ばれている磐座もある。

これは実に凄い話だ、と上岡は思う。

かの伊勢神宮より何十年も前に、この場所に天照大神と豊受大神が鎮座されていたというのだから。ということは、まさにこの場所こそが、日本国の濫觴——起源に他ならないということだ。民謡の歌詞の通り、ここが伊勢神宮の故郷なのだ。

またその他にも境内には、天上の御神水を遷した泉である「天の真名井の水」や、大宝元年（七〇一）の大津波を堰き止めたという「真名井地蔵」、一般には「波せき地蔵」と呼ばれている地蔵も祀られている。

但し——。

上岡は、顔を曇らせた。

最近は「パワースポット」だとか「聖地巡礼」だとかで、興味本位だけの若者たちがやって来る。

もちろん、きちんと参拝される分には全く構わないどころか大歓迎なのだが、どうも「聖地」という意味を履き違えている人間も多く見かける。どうやら彼らは、こういう場所に鎮座している神様は、自分たちの望みを何でも叶えてくれて、しかも無条件に「パワー」を与えてくれるものだと勘違いしているようなのだ。

その点だけは、何とか考え直して欲しいと本心から願っている。こういう場所では、ただ静かに祈ってもらいたい。

あくまでも「神坐す」場所なのだから――。

そんなことを思いながら、上岡は窓の外を眺めた。まだこんなに朝早いというのに、今日もまた暑くなりそうな予感が辺り一面に充満している。

実は丹後地方では、ここ二週間ほど、一滴も雨が降らないのだ。

そして毎日、最高気温が三十八度を超えているため、観光客や地元の人間までもが熱中症に罹り、連日のように病院に搬送されている。また、消防署の話によれば、いつ大規模な山火事が起こってもおかしくはないほどの状況なのだという。

一体、何がどうしてしまったのだろう。

やはり、神がお怒りになっておられるのか……。

本宮に到着するや否や、上岡は自分の目を疑った。杉下の言葉通り、改修されたばかりの一の鳥居が、前面の宇治橋に向かって倒れ、しかも青白い炎を上げて炎上している。

石の鳥居が炎上？

しかもそれは、まだ幼い頃に上岡が見たことのある「人魂」のような炎だった。夕暮れの夜空に、ゆらゆらと揺れながら飛んでいた人魂。

そのことを友人に告げても「嘘を言ってるんじゃねーよ」と笑われたが、またしても今、まさにそんな状況だ……。

いや。そんな思い出に耽っている時ではない。

上岡は、現実に戻る。

鳥居の炎上に伴って、周囲の杉並木は赤く燃え上がり、その炎は今や手水舎と、その対面にある「大和さざれ石」にまでも延焼していた。

もちろん、何台もの消防車も到着しており、大量に放水してくれてはいるが、二の鳥居——由緒ある神明鳥居に燃え移るのも、時間の問題だろうと思われた。

その光景を見て絶句する上岡に向かって、杉下が叫ぶ。

「とにかく、あちらへ。宮司さんたちの方へ！」

見れば誰もが引きつった顔で、必死に神宝や書物や神具を運び出していた。上岡たちも、急いでそこに加わる。そして、皆と一緒に汗だくになって神具の持ち出しを手伝いながら、同僚の神職に問いかけた。

「これは一体、どうしたわけなんですか！」

「分かりませんっ」その彼も両手に神具を抱えて、悲愴な面持ちで叫び返す。「全く、何がどうなっているのかね！　ただ——」

「ただ？」

「今朝早く、宇治橋の辺りで不審な人物を見かけたという巫女がいましたがね。でも、まさかその男が、たった一人でこんな事件を起こせるはずもないでしょうが」

「不審な男？」

「背が高くて目つきの鋭い男だったようです。やけに痩せていて、黒っぽい服装だったとか」

「えっ……」

上岡は、この熱気の中、背中に冷水をかけられたような気がして足を止めた。

もしかして、さっきの——。

「そっ、それで、その男はっ」

と問いかけたが、神職は、上岡の前から走り去ってしまっていた。そこで上岡は、

「杉下さんっ」

振り返ると、自分の抱えていた神具を杉下に無理矢理手渡す。

「く、車を貸してください！　私の車は、真名井神社に置きっぱなしだから」

「一体、どうされたんですかっ」

「説明は後です！」

上岡は、汗だくのまま杉下から車のキーを受け取ると、必死に走る。そして、車のドアを開けると、ブルブル震える手でエンジンキーを回し、アクセルを思いきり踏み込んだ。嫌な予感で、全身が硬直している。しかし上岡は、必死にハンドルを切って

真名井神社へと向かった。

数時間後。

籠神社奥の宮である、真名井神社の鳥居も倒壊して炎上した。

しかも、その通報を受けて急行した消防隊員は、神社の駐車スペースに停められていた軽自動車の車内から、上岡神職の遺体を発見した。そしてその死因は、喉元に突き立てられた大きなナイフだった。

*

雪子と雄太は、鹽竈神社随身門の落下に巻き込まれて即死だったと知らされた。門の倒壊がなかったとしても、竜巻に吹き飛ばされて二百二段の石段を転げ落ちたのだ。命が助かるはずもない。

ようやく動いた足を引きずって、京は錯乱状態で現場に駆け寄ろうとしたのだが、すでに駆けつけて来た警官や神社関係者に、石段上で押し止められてしまい、その話を聞かされた――。

京は、魂がすっかり抜けてしまったように、よろよろと鹽竈神社を後にする。頭がくらくらして真っ直ぐに歩けず、何度も木に寄りかかっては深呼吸を繰り返し、大声で泣いた。

すぐに鹽竈神社境内は立ち入り禁止となり、京は志波彦神社方面から境内を出る。

そして、さっきから何度も何度も繰り返し押し寄せて来る思いを、再び嚙みしめた。

何故あの時、雄太の手を放したんだっ。

正確に言えば放したわけではない。こちらに引き寄せるために握り直そうとした時、急な突風に襲われ、引き剝がされるようにさらわれてしまったのだ。

いや……。

それも、もう今となっては単なる言い訳だ。

たとえ自分の腕がもげようとも、雄太の手を放さなければ良かったのだ。

あの時の雄太の顔が、目にくっきりと焼きついて消えない。

恐怖と驚愕と懇願の表情を浮かべて、死にものぐるいで京の手を握った、雄太の黒い瞳。そして何よりも、小さな手のぬくもり。

これら全ての記憶は、決して京の脳裏から消え去ることはないだろう。

死ぬまで一生……。

京は、太い杉の幹を叩いた。

どうして、手を放してしまったのか！

どうして、雄太を守れなかったのか！

自分の身を挺しても守るべきなのに！

雄太。並木のおばさん。ごめんなさい。

許してくださいなんてとても言えないけど、本当に……ごめんなさい。

両手で顔を覆ったが、その指の間から涙がボロボロとこぼれ落ちてくる。

何故こんな時、人間は祈ることしかできないのだろう。

どうせ神にすがるしか方法が残されていないのならば、ほんのわずかだけでも、時間を巻き戻すことができないものか。

そうしたら、私の命はいりません。

引き替えにできるものならば、少しだけ時間を戻してください。雄太の手を握ったあの瞬間まで。そして、もしもその場面まで戻れたら、今度は絶対に手を放さない。

何があっても！

だからお願いします、鹽竈の神様！

鹽土老翁さま……。

祈ると同時に京の胸に激痛が走って息がつまり、涙で何も見えなくなり、思わずそのまま道端にしゃがみ込んだ。

一瞬、すうっと気が遠くなったような気がしたが……もちろん時間が戻るはずもなく、うっすらと目を開けば、京はただうずくまっているだけだった。

するとと、頭の上の方で誰かの切羽詰まった声が聞こえた。

「冗談じゃないよ、松島はどうなっちまうっていうんだ！」

「こんなことってあるかよっ。なあ！」

京は顔を上げる。すると、境内の外も何やら慌ただしく人々が行き交っている。そこで京は、

「あ、あの！」通りかかった、地元の人間らしき中年の女性を呼び止めた。「松島で、何かあったんですか？」

するとその女性は、強張った顔で京に言うと松島湾を指さす。

「何かあったかって、あんた！　あの煙が見えないのかい。鹽竈神社も大変だけど、あっちはもっと酷いことになってる」

京は恐る恐るその方向に目をやると、

「あっ」息を呑んだ。「燃えてる……」

松島湾は、湾全体を呑み込むような黒や灰色の煙で覆い尽くされ、その隙間を縫うようにしてオレンジ色の炎が、まるで龍のように天高く昇っていた。

女性は、引きつった声で京に向かって叫んだ。

「五大堂も全焼だってさ」

「どうして！」

「知るもんかよ。でもとにかく、鐘島（かね）も、仁王島（におう）も、経ヶ島（きょう）も、福浦島（ふくうら）も、全部燃えちまってるってさ」

「福浦島まで！」

ああ、と女性は頷いた。

「弁天堂は、完全に焼け落ちたって言ってた」

「そんな……」

京は絶句する。

福浦島の「福浦弁財天」には、京も幼い頃からしょっちゅう参拝がてら遊びに行っていた。島は、周囲二キロ弱ほどの小島で、現在は福浦橋が架かっているが、昔は舟で行き来していたと聞かされた。現在その橋は「出会い橋」と呼ばれ、良縁を結んでくれるという。しかしその一方では、祭神が弁才天ということで、カップルで渡ると神様に嫉妬され必ず別れることになるという。

こんな時なのに、ふと京の頭の中に変なことが浮かぶ。

弁才天が、カップルを嫉妬する？

その理由は何なのだ？

神様が人間を嫉妬するなんて、そんなことがあるのだろうか。

しかも弁才天といえば、厳島神社や宇佐神宮や宗像大社などの祭神でもある、市杵嶋姫命。その市杵嶋姫命が、カップルを嫉妬する？

何故――。

京は、ブルッと頭を振った。

いや、今はそんなことを考えている時ではない。雄太たちの件もあって、気持ちが凄く不安定になっている。

挨拶もそこそこに走り去ってしまった女性を見送って、京は涙を拭った。

そうだ。

あの人に連絡を入れてみよう。とにかく、誰か信頼できる人と話をしたい！

そう思って京は、再び震え始めた足で、必死に家へ向かって歩き出した。

2

東京駅は、相変わらずの人混みだった。

しかも、誰もが急ぎ足で歩いている。

どういう統計かは知らなかったが、東京駅と大阪駅の利用客が日本で一番、足早なのだという。そう言われてしまうと、こうやって現状を確認するまでもなく、あっさり納得してしまうが――。

その人混みの中を辻曲彩音(あやね)は、周囲の人々と同様に、急ぎ足で歩く。そして山手線を降りると、そのまま八重洲地下街へと向かう。嚴島からやって来る、観音崎(かんのんざき)栞(しおり)と待ち合わせているのだ。

彩音は車で迎えに行こうと提案したのだが、突然、栞の予定が変更になったらしく、改めて東京駅で待ち合わせた。最初にかかってきた電話では、嚴島――宮島(みやじま)の観光案内所で働いている先輩の、金山武彦(かなやまたけひこ)の出張に合わせて、一緒に新幹線で来ているのだと言っていたが、突然、事情が変わったらしい。

「でも、とても大切な品物のようなので」と栞は電話口で笑った。「私がしっかりと抱えて行きます」

そう。

何しろ、栞が持参してくれるのは「十種(とくさ)の神宝(かんだから)」の一つ「辺津鏡(へつ)」なのだ。

彩音は深呼吸して、はやる心を静める。

この神宝は遠い神代の昔、物部(もののべ)氏の始祖とされる饒速日命(にぎはやひ)が天降った時に、天つ神から授けられたという宝だ。そしてそれらは、

息津鏡(おきつ)
辺津鏡
八握剣(やつかの)
生玉(いくたま)
足玉(たる)
死反玉(まかるがえしの)
道反玉(ちがえしの)
蛇(おろち)の比礼(ひれ)
蜂(はち)の比礼
品々物(くさぐさのもの)の比礼

の十種である。そして、そのうちの一つ「辺津鏡」を、栞は嚴島神社で手に入れたのだという。そこで最初は、地元同士で知り合いの宮司や神職に、これは何なのだろ

うと尋ねてみたが、誰もが口を揃えて「こんな奇妙な形の物は、見たことがない」と答えたらしい。

それはそうだろう、と彩音は思った。

資料によると「辺津鏡」は、Uの字を逆さまにしたような形の本体の頂点に十字が載り、その十字の頂点と左右の三点、それぞれの先に丸い珠がついている。更に、逆さUの字の下部には橋のように棒が渡され、その中央には宝珠――ちょうど稲荷の狐がくわえているような玉がついているという、実に珍しい造りの神宝だった。そしてこの鏡は、息津鏡と共に、この世の全ての物を映し出すことができるのだといわれている。

ちなみに他の神宝はというと、八握剣は凶邪を罰し平らげる。生玉・足玉は、それぞれ生命力を高め、その形を満たす。死反玉・道反玉は死者を蘇らせる。蛇の比礼・蜂の比礼・品々物の比礼は、悪虫・悪鳥・悪獣を祓(はら)うのだという。

そしてこれらは「天璽(あまつしるし)」として、天皇家に関わる神宝――つまり「三種の神器」のもとになったともいわれている品々なのである。

そんな神宝のうち「生玉」と「足玉」の二つの神宝は、彩音たち辻曲家が所蔵していた。しかし、なぜ彩音たちが、そんな国宝級の神宝を受け継いでいるのか、その理由は知らなかった。ただ、おそらく辻曲家の祖先である、源 義綱(みなもとのよしつな)が関与しているのではないかと思われる。義綱は、八幡太郎義家や、新羅三郎義光の兄弟で、賀茂二郎と呼ばれた。そして更に彼らの家系を遡れば、清和天皇まで行き着くわけだから、そのあたりの事情が関係しているのだろう。

ひょっとすると、父親の敬二郎ならば、詳しく分かっていたのかも知れないが、八年前に他界してしまったため、今ではもう真相は霧の中だった。

だがとにかく――。

彩音は、胸の鼓動を鎮める。そして、本心から栞に感謝した。

どうしても、神宝が欲しい。一つでも多く。そして、一刻も早く。

やがて人混みの中に、可愛らしい女性の姿が見えた。彼女も彩音を認めると、手を挙げて走り寄って来る。

観音崎栞だ。

彩音も小走りに近づいて行くと、

「すみません！　遅れてしまって」栞は、ペコリとお辞儀をして謝った。「急に、色々とあったもので」

「あら」彩音も挨拶しながら、辺りを見回した。「金山さんは？　栞さんと一緒じゃなかったの」

それが、と栞は顔を曇らせた。

「広島アンテナショップでの用事を済ませた後、急いで一足先に宮島に帰りました。何しろ、また嚴島神社が不穏だという連絡が入ったので」

「えっ」

「弥山（みせん）――お山が鳴動して、本殿では西回廊や反橋（そりばし）が倒壊してしまって」

「まさか、大鳥居は？」

「そちらは何とか大丈夫ですけど、どちらにしても、全く予断を許さない状況のようです」

「ついこの間、栞さんが必死に抑えてくれたばかりなのに……」

「私も、もう大丈夫だろうと思って島を離れたんですけど、また今、酷くなってしまったようなんです。でもまだ、一昨日のように激しい鳴動はないらしいんですが、念のためにといって、武彦さんは一足先に」

しかし……。

彩音は訝（いぶか）しむ。

あの時きちんと、嚴島神社主祭神の市杵嶋姫命は鎮魂されたはずだ。

なのに、どうしてまた。

ひょっとすると、他の場所から負の波動が届いているのか。その暗いエネルギーが、彼女を再び揺り動かしているのか……。

「それで」と栞は、大事そうに抱えている包みに視線を落として言う。「これを彩音さんにお渡ししたら、私もとんぼ返りするつもりです」

「もし良かったら、家に来てもらってお礼をと思っていたの」

「いえ、今回はお気持ちだけで」

「といっても、ここで立ち話じゃ……」

人の目が気になる。「彼ら」の仲間が見ていないとも限らない。

そこで彩音は、栞を駅近くの喫茶店に誘った。人混みから離れて、できる限り静かでプライベートな話ができる店を選ぶ。

コーヒーが二つ運ばれて、ウェイターが去ってしまうと、さっそく栞は、神宝を彩音に手渡した。彩音は、それを包みから取りだして、こっそりと確認する。

間違いない。本物の辺津鏡だ。

直接目にするのは初めてだったが、辻曲家の資料に載っていた物と寸分違わない。というよりも、その形より何より、この神宝が発している力が凄い。エネルギーの波動も、彩音の家に伝わっている神宝と全くといって良いほど同じだ。重く涼やかで、何よりも澄んでいる。

「本当にありがとう」彩音は、改めて栞に御礼を言う。「とても助かった。少しの間だけ、お借りするわね。兄の術が終わったら、すぐに返しに行きます」

「はい」栞は頷いた。そして尋ねる。「でも……その『術』というのは？」

ええ、と彩音は再び周囲に気を配りながら声をひそめると、

「他でもない栞さんだから、お話しするけど。実は――」

と言って説明する。

六日前に、彩音の妹の摩季(まき)が殺害されてしまった。しかも、その犯人は間違いなく、先日、嚴島神社を破壊しようとした人物――高村皇(たかむらすめろぎ)。

「彼らは、日本中の主な神社を破壊して、そこに封じられている怨霊(おんりょう)たちを解き放とうとしていることだけは間違いない」

嘘でしょう、と栞は小声で叫んだ。

「そんなことをしたら、この国が壊れてしまいます！」

それが、と彩音は苦笑する。

「取りあえずの、彼らの目的のようなのよ。だから、私たちはどうしても、それを防がなくてはならない。でも、まだ力が足りない。そういうわけで、どうしても妹の摩季のパワーが欲しい。もちろん」

彩音は微笑(ほほえ)んだ。

「そうでなくとも、蘇って欲しいし」

「蘇る……」

と口にして栞は、ハッと息を呑んだ。

「もしかすると、お兄さんの行おうとしている術って！」

その言葉に彩音は、自分の唇の前に人差し指を立てた。

「その通りよ」

「わ、私も」栞は、キョロキョロと辺りを見回して声を落とした。「亡くなったお祖母ちゃんから聞いたことがあります。この世には、死んでしまった人を蘇らせる術があるって。もちろん、寿命を全うした人は無理だけど、って……」

「そのために」彩音は、切れ長の目をすうっと細めた。「この神宝が、どうしても必要だったの」

そして「十種の神宝」について説明する。

『令義解』などによれば、これらの神宝を神妙に祀り、

「天神教へて導く『若し、痛む処有らばこの十宝をして、一、二、三、四、五、六、七、八、九、十と謂ひて布瑠部。由良由良と布瑠部。此の如く之を為れば、死人も返生なむ』とのたまふ」――のだという。

果たして本当に、死者を蘇らせられるのかといえば、平安時代を代表する陰陽師・安倍晴明は『泰山府君』の術を執り行って、実際に三井寺の僧の命を取り戻した。また、同時代の蘆屋道満も『反魂の術』を行って、人の命を蘇らせている。それに土御

門家(かど)も、天皇家秘儀の『天曺地府祭(てんちゅうちふさい)』を極秘裏に取り仕切っている。これもまた、人の命を司る術だ。ゆえに、「死反術(まかるがえしのじゅつ)」は、その儀式をきちんと執り行いさえすれば、決して不可能な術式ではないのである。

但し、死んでから日数が経てば経つほど、困難の度合いが増してしまう。そして今日は、摩季が死んで六日目。明日が初七日。

だから、どうしてもそれまでに――。

「そういうことだったんですね……」栞は、真剣な眼差しのまま大きく頷いた。「実は私も、少し気になって調べてみたんです。これは一体、何なんだろうって。やっぱり、そんな大切な神宝だったんですか」

「間違いなくね」

そういえば、と栞は小首を傾げた。

「丹後、天橋立の籠神社にも、やはり辺津鏡と息津鏡が秘蔵されているとどこかに書いてありましたけど」

「そう」と彩音は頷いた。「でも、それらは文字通り秘宝として保管されているから、私たちが目にすることもできない。その他にも、あの神社には勾玉を始めとする神宝が、たくさん保管されているわ。だからむしろ、あちらはあちらで、それらの神宝を護っていてもらわなくちゃ。籠神社といえば、何しろ伊勢神宮創建以前から、あの場所に鎮座している由緒正しい古社だから、万が一にもあそこで何かがあったら、手がつけられなくなってしまう」

「……大丈夫でしょうか」

顔を曇らせる栞に、

「どういうこと？」彩音は小さく尋ねた。「何か、思い当たることでも？」

「いえ」栞は俯く。「そちらの神社に関しては、まだ特に何も聞いていませんけど、嚴島神社の様子がちょっと変なので……。しかも、この間とは、また違うんです」

「そう……」彩音は時計を見た。「そんな大変で忙しい時に、本当にありがとう」

その言葉で二人は立ち上がり、会計を済ませると店を出て、駅に向かった。

「もしも」と栞は、早足で歩きながら言う。「こんな私でも、何かご協力できることがあれば、何でもおっしゃってください。彩音さんには、すっかりお世話になってしまったから」

「そんなことよりも」と彩音は栞を見る。「栞さんは、嚴島神社をお願い。一度鎮魂されているとはいえ、万が一また市杵嶋姫命が動き出したりしたら、大変なことになってしまうから」

はい、と栞は力強く頷いた。

「何があっても、あの島を護ります。私たちの故郷ですから」

「気をつけてね」

「大丈夫です」栞は答える。「あの時以来、亡くなったお祖母ちゃんが、いつも見守ってくれている気がしてるんです。いえ、本当に一緒にいてくれると感じてるので」

栞は、彩音に向かってニッコリと微笑んだ。

彩音は「辺津鏡」を手に家に戻ると、きちんと留守番をしてくれていた巳雨（みう）に「ありがとう」とお礼を言った。

巳雨は、辻曲家の三女。小学校五年なのだが、小柄で顔立ちも幼いために、いつも小学校低学年に見られてしまうのが、本人にとっては不満らしい。しかしそのくせ、ツインテールのようなお下げ髪に、その時の気分でさまざまな色のリボンをつけている。ちなみに今日は、真っ白なリボンだった。

そして実のところ彩音は、この巳雨が辻曲家では最も霊感が強いのではないかと思っている。また事実、何度も「取り憑（つ）かれ」たりもしているので、おそらく巳雨は、持って生まれた「巫女体質（シャーマン）」なのだろうと彩音は理解していた。

彩音は巳雨に言う。

「おかげで、栞さんから神宝を借りることができたわ。それで、兄さんの様子は、どう？」

「部屋に籠もったまんまだよ」巳雨はグリの頭を撫でながら答える。「だから巳雨とグリで、ずっとここにいた」

グリ、というのは巳雨が学校帰りに拾ってきた、メスのシベリア猫だ。その時は、体の所々の毛が抜け落ちてしまっていて、余りにもボロボロだったため、巳雨の「可哀想だから、家で飼ってもいいでしょう」という言葉に、誰も反対することができなかった。そしてその姿を見た摩季が、「グリザベラ」と名づけた。これはもちろん、ミュージカル『キャッツ』に登場して「メモリー」を歌う、見すぼらしい老娼婦猫の名前から取った。しかし、そんなグリも今では白く長い毛並みも整って、すっかり「美人」な猫になっていた。

そう、と彩音は頷いた。

「私が出かけている間、誰も訪ねて来なかった？」

「うん。あの、偉そうに威張ってる刑事のおじさんも来なかった」

華岡(はなおか)警部補のことだ。

七年前に目黒で起こった、遺体消失事件に関して、了の関与を疑っているらしく、このところしつこく辻曲家を訪れては、あれこれと質問してくる。何かと面倒なので、毎回適当に受け流していたのだが、それがかえって疑惑を持たせてしまったようで、下手をすると一日に二回も訪ねてきたこともあった。

「まだ事件に追われているから、私たちどころじゃなくなっているのね」

彩音たちも巻き込まれてしまった事件——都内の五色不動を狙った放火事件が、昨夜から今朝にかけて起こった。それらに関連して、いくつか殺人事件も発生したため、彩音たちどころではなくなったらしい。

「でも」と巳雨は真面目な顔で言う。「そのせいで、お姉ちゃんのことを好きな、ちょっとイケメン眼鏡の刑事さんも来なかった」

「それって、もしかして久野刑事のこと？」

「そうだよ」

「バカなことを言わないで」彩音は叱る。「巳雨が勝手にそう思ってるだけ」

「そんなことないよ。ね、グリ」

「ニャンゴ」

「グリも、つまらない冗談は止めなさい」彩音はグリを睨んだ。「私は兄さんの所に行って来るわ。この神宝を届けないと」

「冗談じゃないのにねー」

と言う巳雨に、

「いいから、ここでちょっと待っていて」

そう言い残して、彩音は了が籠もっている和室へと向かった。

部屋の前には注連縄が張られ、真っ白い紙垂も下がっている。彩音は、戸の前に立つ。出かける前に告げてあるので、了もこの神宝を待ちわびているはずだ。

「兄さん」彩音は静かに呼びかけた。「辺津鏡を持ってきました」

すると、部屋の中から、

「ああ……」

という声が聞こえ、やがてカラリと戸が開いて、了が姿を現した。普段はおっとりとして、少し頼りないくらいに見える了だが、今は表情が一変している。わずか数日のうちに頬もこけ、目も落ち込み、視線だけが光っていた。

それもそうだろう。断食、火断ち、水も舐める程度。その他、口にしているのは、ほんのわずかな量の水飴だけのはずだ。

彩音がチラリと部屋に視線を走らせれば、狭い和室の中央には、神宝が並び飾られた壇が築かれ、その周囲に立てられた四本の青竹の間には、細い注連縄が渡されている。更に、正面の二本の青竹には桃の枝が添えられ、美濃紙で作られた御幣が揺れていた。そして壇の正面に置かれた二膳の三宝には、それぞれ水と塩が盛られた白磁の皿が供えられている。

水は、三日前に彩音たちが、京都・貴船川から苦心して採ってきた。一方の塩は、彩音たちが懇意にしてもらっている四柱推命の大家・四宮雛子が提供してくれた。聞くところによれば、松島・御釜神社の塩だそうだ。

彩音は、了に辺津鏡を手渡す。

「ご苦労さんだったね」

了は辺津鏡を、そして彩音を見て弱々しく微笑んだが、すぐに厳しい表情に戻って嘆息した。

「しかし、これでやっと五種だ。最低でも七種、いや、八種は欲しい……」

彩音も無言で頷くと、壇上に並んでいる神宝に目をやった。

もともと辻曲家に伝わってきた「生玉」「足玉」。大神(おおみわ)神社でグリが手に入れた「蛇の比礼」。伏見稲荷(ふしみいなり)大社で巳雨が借りてきた「八握剣」。そして今回、栞が届けてくれた「辺津鏡」。

まだ、半分しか揃っていない。

果たして、この五種だけで「死反術」を執り行うことができるのだろうか。彩音はもちろん、おそらく了にしても強い自信はないに違いない。

しかし、ただ傍観しているだけでは、確実に摩季の命は戻ってこない。だから了も、できるところまではやると決心して、こうして潔斎に入っている。

また、神宝の一つである「道反玉」は、摩季を殺害した磯笛(いそぶえ)という女性が持っていることも分かっている。そして実際に彼女は、一度沈んだら二度と浮かび上がれないという「鎮女池」に転落したにもかかわらず、再びこの世に蘇ってきた。

だから、できれば磯笛の手にしている「道反玉」も手に入れたいのだが、そのチャンスがない――。

「それで」と彩音は尋ねた。「摩季の遺体の手配は、どうなっているの？」

「今夜遅く、ここに届けてくれる手はずになってる。そして、日付の変わらないうちに術式を執り行うつもりだ」

「そう……」

彩音は大きく頷いた。

摩季の遺体は、雛子の伝手で大船の月山葬儀店で、こっそり保管してもらっている。司法解剖に回されそうになったため、了たちと共に鎌倉の救急病院の霊安室から運び出してきたのだった。その際も、やはり華岡に疑われてしまった――といっても、その時は本当に盗み出したわけだが――。

だから、と了は言った。

「ぼくはもうしばらく、ここで潔斎を続ける。ギリギリまで諦めるつもりはない」

そして、辺津鏡を壇上に並べて飾った。それを見て彩音は「お願いします」と大きく頷き、

「神の御息は我が息、我が息は神の御息なり。御身を以て吹けば、穢れは在らじ。残

らじ。阿那清々し。阿那清々し」

と伊吹法祓いを唱えてから戸を閉めた。


彩音が、巳雨たちのいる居間に戻ると同時に、インターフォンが鳴った。

華岡か？　久野か？

一瞬ためらったが、彩音はインターフォンのボタンを押して応える。すると驚いたことに、

「彩音ちゃん、私よ。四宮」

という、雛子の声が返ってきた。

「えっ」

彩音は耳を疑う。雛子はここ何年も、自宅のある熱海・伊豆山から、一歩も出ていないはずだ。

その雛子が、自ら東京まで？

「四宮先生！　どうしてまた」

尋ねる彩音の耳に、切羽詰まった雛子の声が飛び込んできた。

「大変なことが起こってる。このままじゃ、この国が消えてなくなっちまう。だから、やって来たんだよ！」

＊

確かにこのところ、京都の様子がおかしい。

神や仏などは、彼岸と盆暮れ正月くらいにしか思い出さないし、霊魂やあの世の存在を一度も信じたことがない。まるで見たことがあるように、そんな話を口にする連中もいるが、自分は全く無関係の世界の出来事だと思っている。

それでも、

〝さすがに変だな、こいつは〟

京都府警捜査一課警部補の瀬口義孝（せぐちよしたか）は、不味（まず）いインスタントコーヒーを飲みながら、自分の机の前で腕を組むと嘆息した。

というのも、四日前。

宇治で殺人事件が起こったという連絡を受けて、部下の加藤裕香（かとうゆか）巡査と急行した。ところが行ってみると、宇治だけでは収まらず、下鴨（しもがも）神社、貴船神社と、連続して殺人事件が起こってしまった。しかも同時に、単なる天候不順という表現ではすまないほど大荒れの天候と、貴船川の鉄砲水に見舞われた。

そこで、裕香を始めとする事件に関わった女性たちは、これは人知を超えた「神の力」が関与しているのではないかと主張した。

〝バカな〟

瀬口は一笑に付したし、今でもそう思っている。

そう思っているのだが――。

あの時、一つだけ不思議なことが起こった。それは、事件が解決して引き上げようとした時、貴船川の渓谷の足元が緩み、瀬口は川に転落してしまいそうになった。完全にバランスを崩してしまったために、一旦は覚悟を決めたのだが……なぜか次の瞬間、まるで誰かに手を引っぱられたかのように、元の位置に戻っていたのだ。

もちろん、瀬口の周りには誰の姿も見えず、かといって突風に押し戻されたわけでもない。文字通り、誰かが手を引いてくれたような感覚だった……。

瀬口は、頭を振る。

いや。それは単なる偶然――という表現もおかしいが――の出来事だったのか。

そして、そんな事件が片づいたと思った翌日。

今度は、早朝の伏見稲荷大社の鳥居に、四人もの人間が吊され、しかもその上、あの千本鳥居がドミノ倒しのように、バタバタと倒れ始めたのだ。全く、現実離れした出来事だった。それらも、裕香たちに言わせると「神の怒り」なのだという。確かにこちらも天候が荒れ、稲荷山では激しい落雷に見舞われたのは事実だったし、事件解決と同時に好天になった――。

　ふと思う。

　そういえば最近、京都だけではなく奈良や広島の宮島、そして東京でも、神社仏閣の倒壊や炎上が相次いでいるのだという。まあ、これも偶々だろうとは思うが、確かに不穏ではある。

　瀬口は苦々しい顔で、裕香の作成した報告書に目を落として読み始めた。すると、

「警部補！」その当の本人、加藤裕香巡査が大声を上げて、部屋に飛び込んで来た。

「事件ですっ」

　おお、と瀬口は体を起こして裕香を見た。

「現場はどこだ」

「丹後――宮津市、天橋立です」

「分かった」瀬口は頷く。「しかし、また神社絡みじゃないだろうな」

　苦笑しながら尋ねる瀬口を見て、裕香は大きな瞳を、くりっと動かした。

「ご明察です！　丹後国一の宮の籠神社で」

「は？」

「籠神社の鳥居が倒壊して炎上。本殿も半倒壊。奥宮の真名井神社、炎上。そして、真名井神社の駐車場に停められていた車から、神職の男性の遺体が発見されました」

「何だと。死因は？」

「大型ナイフによる刺殺だそうです。現在、地元の警察と鑑識が捜査中です。なので警部補、私たちもすぐに！」

「そうしよう」瀬口は、立ち上がった。そして「しかし、一昨日昨日今日と、実に人使いの荒い部署で、きみも大変だな」

と言って、裕香を思いやりながらコーヒーを飲み干したが、

「いえ」裕香は、真剣な眼差しで瀬口を見た。「私が頼み込んだんです。ぜひ、この事件は警部補と私に担当させてください、と」

ブッ、と瀬口はコーヒーを吹き出しそうになる。

「何だと？　また随分と仕事熱心な――」

「今回も、嫌な感覚があるんです」裕香は瀬口の皮肉を遮って言う。「宇治や貴船や伏見稲荷で感じたような」

「ほう……」瀬口は、冷ややかな目で裕香を見た。「それは大変なことだ。しかし、今回は普通の――という言い回しも変だが――殺人事件じゃないのか」

「いいえ。やはり今回も、人知を超えた何らかの力が働いています。間違いなく」

「そうかね」

「警部補は」と裕香は不満そうに鼻を鳴らした。「この間から私の言葉を全く信用さ

れていないようですが、これは本当なんです！　あの、辻曲さんたちもおっしゃっていたじゃないですかっ」

「……そうだったな」

瀬口は部屋を出ると、足早に駐車場へと向かいながら、自分の後ろを小走りについてくる裕香に答えた。「辻曲」というのは、貴船と伏見稲荷大社で会った姉妹だ。わざわざ東京からやって来たのだという。ご苦労なことだと思うが、やはり彼女たちも、何か大きな「霊力」を感じると主張していた。

裕香といい辻曲姉妹といい、その他、現場で会った女性たちといい、誰もがそんなことを口にする。多数決でいえば瀬口が少数派になってしまうかも知れないが――。

だからといって、そう簡単には納得できるような問題ではない。

駐車場まで辿り着くと、二人は車に乗り込む。裕香がエンジンをかけてアクセルを踏み込むと、瀬口は助手席の窓を開けて、赤色回転灯を車の屋根に載せた。ここから天橋立まで百キロ強。サイレンを鳴らして高速を飛ばせば、あっという間だ。

裕香は、ハンドルを握りしめ、前を向いたままで言った。

「最近の状況は、明らかにおかしいです。京都で、確実に何かが起こっています。しかも、今までに体験したことのないような何かが」

「そうだな……」

その点にだけは同意できたので、瀬口は窓の外を眺めたままで頷いた。そんな瀬口に向かって、裕香は言う。

「立て続けに、神社が破壊されて殺人が起こり、しかもその神社自体も、普通ではあり得ないような破壊のされ方をしています。これは、神が怒っている証拠です」

〝また、それか〟

瀬口は心の中で舌打ちしたが、口には出さない。

そんな瀬口の隣で、裕香は続けた。

「さっき署で聞いたんですけれど、宮城県の松島でも、何とかという神社の門が崩れ落ちて、大勢の死傷者が出たらしいです。あと、広島の嚴島神社でも」

それは、瀬口もテレビのニュースで見ていた。宮島——嚴島神社のあの大鳥居と本殿が壊れたとか助かったとか、相当な被害が出ているというニュースだった。

「そうするとこいつは、凄い話じゃないか」

瀬口は、相変わらず窓の外に視線を投げたまま笑った。

「天橋立、松島、嚴島とくれば、日本三景だ」

「本当ですね！」

「ということは、どこかの誰かが、日本三景にある神社を破壊しようとしてるってのか。実に大変なことだな」

「そういうことです！」

瀬口の冗談が全く通じなかった裕香が、真面目な顔つきでハンドルを叩いた。

「日本三景を壊そうなんて、どういうことなんでしょう？　しかもそれに、伏見稲荷大社まで絡んで。これじゃ、間違いなく、神様は怒りますよ。何とかしないと！　やっぱりこの事件、無理矢理に担当させていただいて良かったです」

裕香は興奮して叫んだが――。

瀬口は裕香が、この事件を担当したかった理由を良く知っている。貴船で聞いたのだ。裕香の兄の範夫が、八年前の天橋立の観光バスの事故で命を落としたと。そして裕香は、あれは単なる事故ではなかったと思っている、と震える声で瀬口に言った。しかも、京都府警捜査一課の案件――つまり、殺人・強盗の部類だと。しかし、それを表立って口にしてしまうと、単なる私怨で事件に当たっていると思われる。それが嫌で、わざわざ変な理屈をつけているのだろう、と瀬口は勝手に納得した。

〝彼女なりに色々と考えている〟

そう思って、ほんの少しだけ感心したのだったが――。

「兄の時も、そうでした」裕香は、じっと前を見つめたまま口を開いた。「凄く嫌な胸騒ぎがしたんです。風邪でもなく、気圧の変化もなかったのに、頭が痛くて痛くて仕方なかった」

「え……」

「というより、それ以前に、私は兄を止めたんです。凄く気持ちが悪かったから」

俺の場合だったら、何となく気持ちが悪いのは二日酔いで確定だ、という冗談を瀬口は呑み込んだ。裕香は続ける。

「でも兄は、こんなチャンスはないからと言って、出かけて行ってしまった。だから私があの時、もっと強く引き留めておけば……」

裕香は、悔しそうに下唇を噛んだ。

「しかし」と瀬口は裕香を見た。「事故だったんだから、そんな風に自分を責めたところでしょうがないだろう。我々だって、いつどこでどんな事故に巻きこまれるか、分かったもんじゃない」

「でも、警部補」裕香は、チラリと瀬口を見た。「あれは、ただの事故じゃなかったんです」

「確か、この間もそんなことを言っていたな。きみは、何か事情を知っているのか」

いいえ、と裕香は首を横に振った。

「物的証拠は、何一つありません」

それはそうだろう。

当時も瀬口は、捜査一課に所属していた。もしも、少しでも事件性があると判断されていれば、瀬口のところまで話が回ってきているはずだ。しかし、何の連絡もなかった。ということはつまり、単なる交通事故と判断されたことになる。

「では」と瀬口は尋ねる。「きみは、何を根拠に事故ではなかったと主張するんだ？」

「兄が私に言ったんです。ちょっと変なことを思いついたんだけど、この件を追及して行くと、おそらくぼくの身が危うくなる。もしも何か事件が起こってぼくが死んだりしたら、それは誰かに殺されたと思ってくれ——と」

「何だと」

「いえ」裕香は苦笑する。「その時は、兄も笑っていましたけど……。でも、本当にあんなことになってしまった」

「しかし、あれは純粋に事故だった。考えすぎだよ」

「でも、兄が参加したのは、研究室や自宅にいつも何らかの脅迫状が届いていることで有名な、潮田教授のツアーでした。だから、兄個人が狙われていなかったとしても、潮田教授絡みで、何らかの事件性はあったはず」

　その点も、当初は問題になっていた。

　だが、やはり何一つ不審な点は見つからず——あえて言えば、乗用車と接触後に運転手が心不全に陥ったことくらいで——そのまま事故として処理された。

「私は、絶対にそう思っています」

「つまり、きみの得意な『直感』だな」

「はい」またしても瀬口の皮肉が通じなかったらしく、裕香は真剣な顔つきで頷いた。「私の直感は、当たるので」

その言葉に瀬口は、諦めたように肩をすくめて窓の外を見た。もうすっかり、京都市内の街並みは姿を消している。あと三、四十分で、現場に到着できるだろう。

それにしても。

潮田誠、國學院大学教授――。

名前だけは、瀬口も耳にしたことがある。斬新すぎる視点と過激な発言で、常に学界や歴史作家や、その関係者たちから叩かれ続けているという、頑迷固陋な老教授だった。瀬口は、テレビで何度か見たことがあるだけで、潮田の著作は一冊も読んだことがなかったが……そういえば、いつかの休み時間に、裕香が潮田の本を開いていたような記憶がある。確かそれは……天皇家に関する本だったか。

いや、そもそも天橋立と天皇家が、何か関係あるのか？

面倒臭い話だ。

しかし今は、それが問題ではない。目の前の「現実の」殺人事件だ。瀬口は、一つ嘆息する。そして軽く目を閉じると、深々とシートにもたれかかった。

3

この国が、消えてなくなる……？

雛子の言葉に一瞬唖然としてしまった彩音は、

「上がってもいいかい」

という雛子の言葉で我に返り、あわてて答える。

「もちろんです！　今すぐに開けますから」

彩音は廊下を走り、大急ぎで玄関の鍵を開けた。そしてドアを開けると、そこには黒い和服姿の小柄な雛子が、中年の女性に付き添われ、杖を片手に立っていた。

「先生っ」彩音は改めて驚く。「とにかく中へ」

彩音は、雛子と女性を招き入れ、廊下を歩きながら尋ねた。

「どういうことなんですか」

ああ、と雛子は皺だらけの顔で頷くと、

「とにかく大変なことが起こってるみたいだ」

殆ど視力を失っている目で、彩音を見上げる。

「そこで、あんたたちと直接話をしなくちゃいけないと思って、克美さんにお願いして、この人の運転で山を下りて来たんだ」

付き添いの女性は、彩音も数回、顔を合わせたことがあった。最初は介護の仕事で雛子のもとへやって来ていたのだが、仕事となるとさまざまな制限があるために、最近はボランティアとして面倒を見てくれている。

彩音がお礼を言うと、克美はニッコリと微笑み、

「私も、いつも先生に相談に乗っていただいているので、こんな時くらいしか、ご恩を返せないから」

と言ったが、大変なことだと思う。

雛子は以前、熱海市街に住んでいて、そこで四柱推命の卦を立てたり、手相や人相、あるいは西洋占星術まで観て暮らしていた。ところが、この雛子の鑑定が抜群に当たるという噂が広まり、いつしか日本全国から大勢の人々が訪れるようになった。当初はそれで良かったのだが、徐々に、金や権力に物を言わせた傲慢な政治家や芸能人などが鑑定を依頼してくるようになってしまい、雛子はそれら全てを断った。そして、それをきっかけに家を引き払い、伊豆山の奥に引き籠もってしまったのである。

その後、生まれつき視力も弱かったこともあり、身の回りの世話を克美に頼んで、現在は自分の気に入った人だけを鑑定して暮らしている。

彩音たち辻曲家も、現在こうして東京・中目黒に住んでいるが、先祖は中伊豆の旧

家だった。雛子の家とも、三代にわたるつき合いで、雛子自身も彩音たちの両親が亡くなってしまってからは、特に気に掛けてくれているようで、何かある度に相談に乗ってくれていた。しかし、まさか今回、雛子自ら辻曲家を訪ねてくるなどとは、思ってもみなかった——。

まだ驚きを隠せないまま、彩音が雛子たちを居間に導くと、

「あっ」巳雨が声を上げた。「ばあちゃん先生だ！」

「ニャンゴ！」

「元気にしてたかね」雛子は目を瞬かせた。「色々と、大変だったようだね」

「うん」巳雨は、白いリボンを揺らして笑う。「でも平気だよ。グリも元気」

「ニャンゴ」

「それは良かった」と言ってから、雛子は辺りを見回した。「あの子はどうしてる。姿が見えないようだけど」

「陽一（よういち）くんですか」

「ああ」

福来陽一のことだ。

彩音は顔を曇らせると、陽一とは目黒不動の事件以来——その理由は分からないのだが、全く連絡が取れなくなってしまっているという話を告げた。

「そうかい……」雛子は、小さく何度か頷く。「まあ、そのうちまた現れるだろうよ。それより、了ちゃんは？」

「はい」と答えて、彩音は今の状況を伝えた。あちらの和室に籠もって、ずっと潔斎している――。

「そっちも大事だ」雛子は克美に付き添われて、よっこらせと、ソファに腰を下ろした。「摩季ちゃんの初七日は、明日だろう。月山葬儀店から連絡があったよ。そんなこともあって、ここまでやって来たんだ。こんな老いぼれでも、何か手伝えることがあればと思ってね」

「そんな……」彩音は恐縮する。「私たちのために、申し訳ありません」

いや、と雛子は首を振った。

「とにかくみんなの力を結集しないとダメだ。明日まで、ここでつき合わせてもらっても良いかい？」

「ばあちゃん先生」巳雨が顔をほころばせた。「今日、巳雨の家に泊まっていくの？」

「ああ。そのつもりで来た。でも、布団も何もいらないよ。どうせ徹夜だろうからね。それで明日、また克美さんに迎えに来てもらうから」

その言葉に頷く克美の前で、

「わあ！」巳雨がはしゃぐ。「楽しみ楽しみ」

「こら」彩音は巳雨を叱る。「遊びに見えたわけじゃないのよ。大変なことなんだから！」

「確かに、とんでもないことだ」雛子は、軽く嘆息した。「どちらにしても、今夜がヤマになるからね。摩季ちゃんも、この国も」

それで、と彩音は改めて尋ねた。

「先生、今大変なことが起こっているというのは？」

うん、と雛子は頷いた。

「この術式のために、彩音ちゃんに塩をあげたろう」

「はい。今、和室に設えた祭壇の前に、先生に言われた通りに採ってきた貴船川の水と一緒に供えられています」

「その塩も、特別な物でね。私の知っている女の子が松島に住んでいるから、わざわざ御釜神社でいただいて、送ってもらったんだ。やっぱり『力』が違うからね。御釜神社は、彩音ちゃんも知っているかね」

はい、と彩音は首肯する。

「主祭神は鹽土老翁神で、陸奥国一の宮の鹽竈神社に藻塩を奉納している神社です」

「さすが、神明大学神道学科の大学院生だ」雛子は微笑みながら賞める。「それで今朝、その女の子から連絡が入ってね。象潟京ちゃんっていうんだけど、京ちゃんが言うには、鹽竈神社が恐ろしいことになっているらしいんだ」

「恐ろしいこと……ですか」

「竜巻の直撃を受けたらしくてね。本宮、別宮、共にやられちまったようで、死傷者も大勢出たということだ」

「あの鹽竈神社が!」

「立派な随身門が石段を転げ落ちてしまい、麓に立てられていた石鳥居が、完全に破壊されたと言っていた。しかも更に、松島の島々が燃えてるってね」

「そんな!」

「まずいねえ」雛子は座ったまま、杖を強く握りしめた。「とっても、いけない。京ちゃんも、かなり思い詰めていた様子だった。それはそれで、また気にかかってるんだけどね——。とにかく今、あっちは想像を超えた被害が出てる」

「でも、どうしてそんな!」

「分からないねえ」

「もしかして……」彩音は、切れ長の目を細めた。「またしても、彼らの仕業でしょうか。摩季を殺した磯笛や、高村皇の……」

と言って彩音は雛子に、嚴島神社で高村皇に会った時の話などを伝えた。

するると雛子は、

「ちょっと待っておくれ」

と言って、袂(たもと)から八面のサイコロを二つ取りだした。そしてそれを、目の前のテーブルの上に投げる。カラリと音がしてサイコロが転がると、雛子は手を伸ばしてそれぞれの目に触れる。

「間違いないね」と軽く嘆息して続けた。「どうやら、そいつらのせいのようだ。しかも今回は、かなり本気みたいだよ」

「えっ」彩音は顔を曇らせた。「そういえば――」

と言って、先ほど観音崎栞という女性と会って話をしたことを告げる。一昨日、確かに嚴島神社の市杵嶋姫命に鎮まっていただいたにもかかわらず、またしても宮島が不穏な状況に陥っているらしい。お山が鳴動し、社殿も壊れ始めている――。

「松島は、鹽土老翁神。嚴島は、市杵嶋姫命だね」雛子は唸った。「東と西で彼らが解き放たれてしまうと、一体どんなことになるのか、この私でも想像がつかないよ」

「そんな……」

「いや、それに伴って色々な怨霊神たちが動き出してしまうだろうからね。たとえば、素戔嗚(すさのお)尊や天照大神や饒速日命などの」

「そんなことになったら、日本が壊れます！」

「間違いなくね」

「ええっ」巳雨も叫んだ。「うそ!」

「ニャンゴ!」

「だから」と雛子は弱々しく微笑んだ。「そう言ってるじゃないか。私の卦も、昨日からずっと良くないんだよ」

「どう良くないの?」

尋ねる巳雨に、雛子は答えた。

「今まで、こんなことは一度もなかったね。でも、占う卦の全てが悪い。そして、家を出る直前に立てた卦は『火水未済(かすいびせい)』だった。『易経』の最後の卦だ」

「それって、なに?」

ああ、と雛子は見えない目で全員を見渡す。

「未済は亨(とお)る。小狐、汔(ほと)んど済(わた)らんとして、その尾を濡らす。利(よ)ろしきところなし——。つまり、今までの全てが逆転する形で、陰陽の正位を失う」

「つまり、日本の国の」彩音は驚いて尋ねる。「全てが転覆してしまうということですか!」

「ひっくり返っちゃうの?」

「ゴンニャ!」

但し、と雛子はつけ加える。

「言い換えれば、これ以上の悪い状態は存在しない。この場所から何とかすることができれば、新しい未来が開けるという卦だ。新たなる旅立ち、という意味もあるよ」

「今は」彩音は一つ深呼吸すると、大きく頷いた。「それを信じるしかありません」

「とにかく」と雛子は、再びサイコロを振った。「私の役目は、ここに来て了ちゃんのお手伝いをすることらしいよ」

「でも！　こんな大事な時に、私たちに関わり合っていて大丈夫なんですか？」

「そう言われてるんだから、仕方ないねえ」雛子は、くしゃりと笑う。「鬼神様にさ」

「『見る目嗅ぐ鼻』？」

「そうだよ」

　見る目嗅ぐ鼻というのは、地獄の閻魔大王が手にしていたという杖、いわゆる「人頭杖」のことだ。そして、それと全く同じ物が雛子の家に伝わっていた。

　この「人頭杖」は、太い木の杖の上部に厚い板が置かれ、その上には厳めしく大きな目を開いた赤ら顔の男の首と、正反対に静かに目を閉じた色白の女の首が載っている。閻魔の持ち物は、ひょっとすると本物の首かも知れないが、もちろん雛子の家にある「人頭杖」は、木の彫り物だ。しかし、この「見る目嗅ぐ鼻」が、実に的確な助言や適切な忠告を送ってくれるのだった。

　但し、この何でも見通す力を持っている鬼神たちでさえも、今回の事件の終末に関しては断定しきれなかったらしい。まさに、雛子が立てた卦の「火水未済」ということなのか……。

雛子を了の部屋に案内すると、了はやつれた顔をほころばせた。

雛子が側にいてくれれば、それだけでも心強い。彩音も少しだけ安心して、雛子を了のもとに残し、部屋を後にする。そして、廊下を歩きながら思う。

こんな時に、彩音が最も頼りにしている、陽一の姿が見えない。

一体どうしたのだろう。

これほど連絡が取れなかったことは、今まで一度もなかった。

まだ出会って七、八年のつき合いなのだが、彩音たちとは家族同然だと思っている。実年齢も、了や彩音と近いし、また以前は歴史作家志望で——何冊か上梓(じょうし)していて——神道学科の彩音とも、意見が合うという点が大きかったかも知れない。あとは、陽一の特殊な存在感と……。

彩音が居間に戻ると、克美も一度帰り、巳雨とグリがテレビを見ていた。

「何か、事件のニュースでも流れてる?」

尋ねる彩音に、

「ううん」巳雨は首を横に振った。「松島や嚴島の話はしてないよ。でもまた、目黒不動で何かあったって」

「えっ。また火事？」

「違う。今朝壊れそうになったあの本堂が、揺れてるんだって」

「揺れてるって……。不動明王は、きちんと収まってくれたはずでしょう」

と言ってから彩音は、先ほどの栞との会話を思い出す。

〝弥山――お山が鳴動して、本殿では西回廊や反橋が倒壊してしまって〟……。

確かにおかしい。

彩音は、切れ長の目を更に細めた。

またしても新たに、何か起こっている。一度鎮まったはずの怨霊たちを、再び揺り動かすような大きな出来事が。

「あと」と巳雨がつけ加えた。「神田明神でも、鳥居が崩れちゃったって」

「何ですって」彩音は、目を見開く。「あの、青銅の鳥居が？」

「うん」

「彼らの仕業ね……」

神田明神といえば、祭神はもちろん平将門。

天慶の乱で敗れた将門の首は、武蔵国芝崎村――現在の東京都大手町にあった、聖武天皇の時代に創建されていた神社境内に祀られたが、やがてその神社も荒廃してしまった。しかし、全国行脚をしていた真教上人と、そして天正十八年（一五九〇）に、江戸に乗り込んできた徳川家康によって再興され、江戸鎮守の神として神田山に遷し祀られた。具体的な創建年月日は、資料焼失のため判明していないが、林羅山の『本朝神社考』や、浅井了意の『江戸名所記』を始めとして、『永享記』『江府神社略記』『江戸砂子』などの古書にも詳細に記載されている、由緒正しい立派な古社だ。

特に、斎藤幸成の『江戸名所図会』などには、

「神田大明神、
聖堂の北にあり。唯一にして江戸総鎮守府と称す」

と、はっきり記されている。

その、神田明神までもが……。

現場は、どんな様子なんだろう。目黒不動尊も気になるが、やはり神田明神も気になる。何しろ「江戸総鎮守府」なのだ。そこが壊されでもしたら、一体どうなるか。

いや。今は何よりも、雛子も気にかけていた、松島・鹽竈神社だ。あちらは神社だけでなく、松島湾も大炎上しているというのだから。

こんな大それた事ができるのは、明らかに高村皇や磯笛たちの仕業だろうし、雛子

の言う通り、このままでは日本が危ない。

だが、そうだとして、彩音たちは一体どうすれば良いのだ。

まさか、摩季の初七日を控えて潔斎中の了と、雛子、そして巳雨とグリを残して、彩音一人で松島まで出かけることはできない。それに、今彩音が足を運んだとして、何をどうすれば良いのかも全く分からない。

誰か、手助けしてくれる人はいないものか。手助けでなくてもいい。せめて、連絡を取り合えれば助かる。嚴島神社での栞や、伏見稲荷大社の樒祈美子のように……。

そう思って、彩音がイライラと下唇を噛んだ時、インターフォンが鳴った。

まさか、またあの警部補？

ドキリとしながら彩音が出ると、

「わしじゃ」嗄れた声が聞こえた。「早く開けてくれ」

「佐助さん！」

彩音は、またしても思いがけない来訪に驚いた。

六道佐助。京都東山に住む、傀儡師だった。

「どうしたんですか？」

「呼ばれたから来た。いいから、開けてくれ」

「はいっ。今、行きます」

「誰が来たの？」

尋ねる巳雨に彩音は、

「京都の佐助さんよ」と答えて、グリを見た。「あなたね。あなたが呼んだというわけね」

「…………」

素知らぬ顔で毛繕(けづくろ)いをしているグリを残して、彩音は苦笑いしながら玄関へ向かった。ドアを開けると、いつも通り白髪混じりの長髪を頭の後ろで結わえて、黒っぽい作務衣(さむえ)姿の佐助が立っていた。この格好で、京都から新幹線に乗ってやって来たらしい。

「ああ、大変じゃったわい」

とこぼす佐助を連れて、彩音が居間に戻ると、

「昨日はありがとう！」巳雨がリボンを揺らして、佐助に向かって叫んだ。「おじいちゃんの作ってくれたお面、あそこに飾ったの」

すぐに取り憑かれやすい巳雨のために、佐助が作ってくれた白狐(びゃっこ)のお面だ。巳雨は、そのおかげで何とか無事に伏見稲荷大社から帰って来られたのである。

佐助はチラリとそれに目をやると、一瞬複雑な表情になったが、すぐに視線を戻して言った。

「全く、昨日会ったばかりじゃというのに、忙しいことじゃわい。すまんが、冷たいお茶を一杯くれんかね」

　はい、と答えて彩音は、冷やした煎茶を持ってきた。佐助はそれを美味しそうに、ゴクリと飲んで、

「喉が渇いておるから美味しく飲めるが、実に不味いお茶だの。関東人は可哀想だ」

「ニャンゴ！」

「分かっとるわい」佐助はグリの声に、怯えたネズミのように体をすくめた。「分かっておるから、こうして来たんじゃ。それに、遅いだの何だのと言われても、これでも必死にやって来たんじゃぞ」

「お疲れさまでした」彩音は笑った。「やっぱり、グリに呼び出されたのね。でも、来てくれて助かった」

「まだ、何も助けとらん」

「でも、どうしてグリが？」

「日本中、あっちもこっちも大変なことになっとるから、早く来いと言われた。まあ、わしとてまだ、こいつに噛み殺されたくはないからな。無理してやって来た」

「わーい」巳雨がはしゃぐ。「みんな来てくれて、嬉しい」

「みんな、というと他に誰かおるのか」

「ばあちゃん先生」

「ああ、あの、この世とあの世を行ったり来たりしておるという、占い師のバアさんか。まだ、生きておったんだな」

「ニャンゴ！」

「分かった分かった」佐助は、あわてて答える。「ところでおまえ、日本中あっちもこっちもと言ったが、こっちも大変なのか？」

ええ、と彩音がグリに代わって答える。

「松島や目黒不動尊や神田明神が、酷いことになってるのよ」

「嚴島は」と佐助は、お茶を飲みながら言った。「また面倒なことになっとるらしいが、松島は知らんな」

そこで彩音は、雛子から聞いた話を伝える。すると佐助は、

「そっちも酷そうじゃな。どっこいどっこいだ」

「どこと？」

「天橋立じゃよ。今、あそこが水没してメチャメチャになっておるようだ」

「えっ。天橋立が？」

そうじゃ、と佐助は頷いた。

「聞いたところによれば、一の宮の籠神社と、その奥宮の真名井神社が破壊されて、

鳥居も燃やされたらしい。その上、真名井神社では、殺人事件も起こっておる」

「籠神社と、真名井神社が！」

「その上、伊根町の浦嶋神社も、倒壊してしまったらしいぞ。それに伴って、宝物資料室に所蔵されていた『浦嶋子口伝』や、能面や、玉手箱まで焼失」

「えっ」

　と言葉を失った彩音の隣で、

「お姉ちゃん！」巳雨が叫んだ。「もしかして、その場所って──」

八年前に、彩音たちの父の敬二郎と母の菊奈が、命を落とした場所の近く……。

「でも」彩音は、ふと思う。「松島、嚴島、天橋立ということは、つまり『日本三景』？」

「そう……いうことじゃな」佐助は、ふんふんと頷いた。「確かにそうじゃ」

「どうして、そんな場所を……」

彩音は目を細める。

もしも、この一連の出来事が高村皇たちの仕業だとすると──いや、殆ど間違いないが──日本三景に鎮座する神社と、その地を狙っているというのか？　一体どういうことだ。

だが実際に松島では、鹽竈神社が破壊され、随身門も倒壊した。更に、松島湾での大火災。嚴島では、収まっていたはずの弥山が再び鳴動。

天橋立では、籠神社と真名井神社が破壊され、やはり鳥居も倒壊した。そして天橋立自体も水没し、その上、浦嶋神社までもが被害に遭っている。

「高村皇たちは『日本三景』を壊滅させて、一体どうするつもりなの」

「わしは」と佐助が答えた。「この日本三景は、地図上でも重要な場所に置かれているという話を聞いたことがあるぞ」

「重要というと？」

「これらは、一直線上に並んでいるというんじゃ」

「一直線上——」

彩音は弾かれたように立ち上がると、日本地図を引っ張り出して、地図上に長い定規を当てる。

「本当だわ」彩音は驚いた。「確かにその通りね！」

それを横から覗き込んでいた巳雨も、声を上げた。

「すごーい！」

「ニャンゴ！」

「これは知らなかったけど……なぜ？」

「この三地点が、軍港を表しており軍事的に重要な場所だったとか、夏至や冬至の太

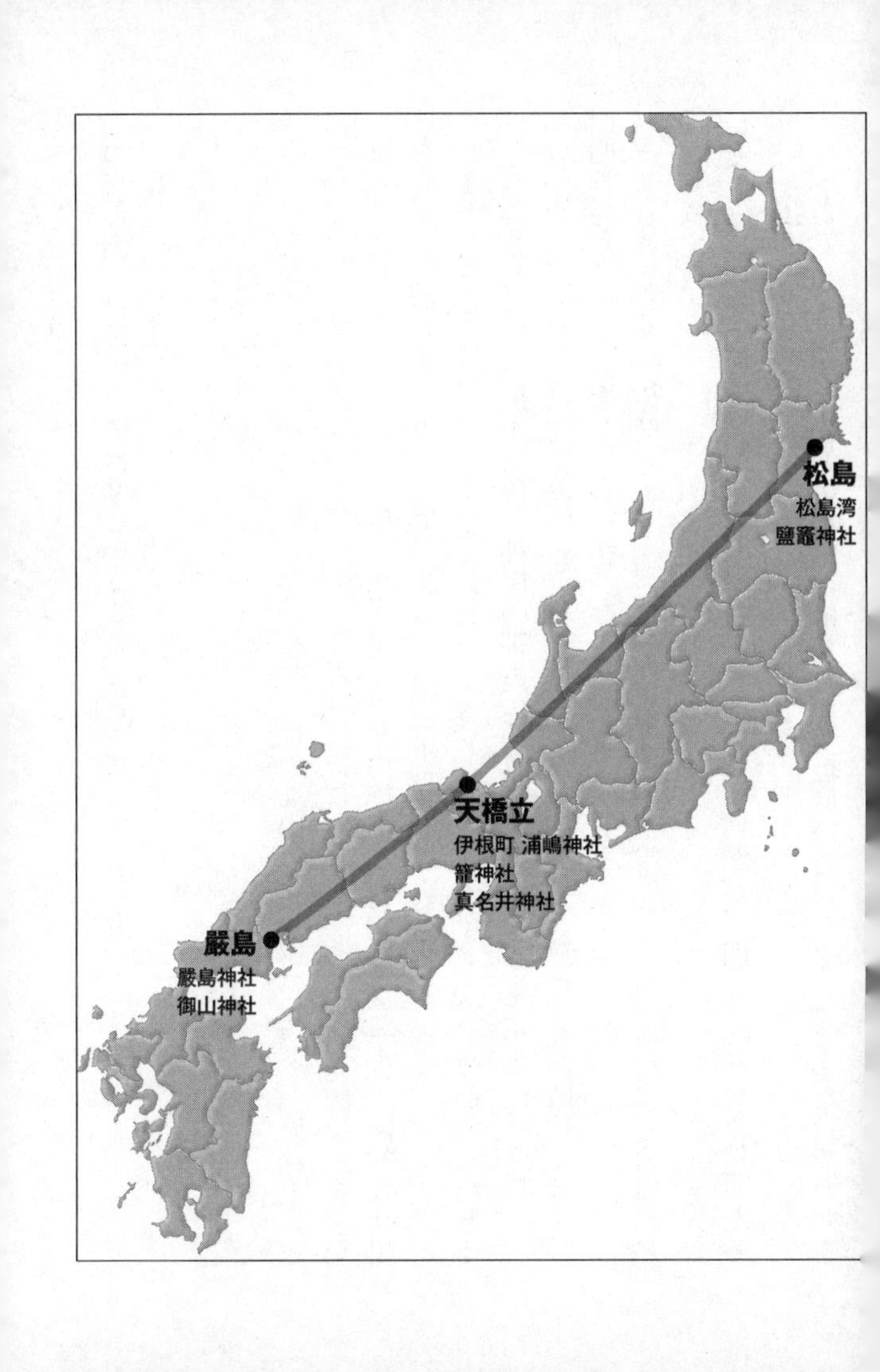
松島
松島湾
鹽竈神社
天橋立
伊根町 浦嶋神社
籠神社
真名井神社
嚴島
嚴島神社
御山神社

陽の日の出、日没の方位云々ということを言っている御仁もいる」

「でも、それだけなの」

「というと？」

いえ、と彩音は眉根を寄せた。

「今、何となく思っただけ……。ただそれだけの理由で、この三地点が一直線上に並んでいるの？　もしも誰かが意図的にこんな配置にしたのならば、ただ線を一本引いて終わりにしないでしょう。南光坊天海じゃないけれど、必ずどこかに呪術的な仕掛けを施すわ。何しろ、巫女たちの時代の出来事なんですもの」

「じゃあ、あんたは……」佐助は彩音を見る。「他に何かあるというのか？　たとえばさっき言った、目黒不動尊や神田明神も、これらに絡んでくるとでも」

「分からない」彩音は首を振った。「というより、籠神社や鹽竈神社の時代には、神田明神なんて、まだ影も形もなかったんだから」

「そりゃそうじゃ」佐助は笑う。「将門の祖の桓武天皇より、更に何百年も前の話じゃからな」

「それでも」と彩音は目を光らせる。「どこかで何かが、関係しているはずだわ……。佐助さん」

「な、なんじゃい！」彩音の視線に射られて、佐助はたじろぐ。「そんな目でわしを見おって」

「お願いがあるの」彩音は、佐助に向かって両手を合わせる。「松島に行って来て」

「何じゃとおっ」佐助は飛び上がった。「冗談も、いいかげんにせいっ」

「旅費は全部私が出すから」

「そんな問題ではないわい！」

「巳雨が、お弁当作ってあげるよ」

「そういった問題ではないと言っておるだろうがっ。大体、どうしてわしが――」

「鹽竈神社と、松島湾の様子を見て来て欲しいのよ。その土地を抑えている神を祀る神社が破壊されてしまったら、この先一体何が起こってもおかしくはない……。それでもまだ、嚴島神社には栞さんが、天橋立の京都には祈美子さんがいる。彼女たちと連絡は取れるようになっているけど、でも松島には誰もいない。かといって、東京もこんな危ない状況じゃ、私もここを動けない。お願いできるのは、佐助さんだけ」

「ニャンゴ」

「し、しかし」佐助は顔をしかめる。「そういえば、あの男はどうしたんじゃ。何とかと言った――」

「陽一くんね」

「そうそう。こんな年寄りをこき使わず、あいつに頼めば良いじゃろうが」

「今朝から、連絡が取れないのよ」彩音は顔を曇らせながら、再び懇願する。「だから、お願い」

「わしは、ここまでだって、やっと来たんじゃい」

「分かってるわ。でも！」

「ニャンゴ！」

「またおまえは、そういう無茶なことをっ」

「ニャニャンゴッ」

グリの声に佐助は、

「ふうっ」と肩を落として大きく嘆息した。「分かったわい……。行けば良いんじゃろう。全く、何と人使いの荒い奴らじゃ」

「ありがとう！」

「だが、わしのような老いぼれ傀儡師が一人行ったところで、おそらく何をどうすることもできんぞ」

「そんなことないわ。よろしくお願いします」彩音は頭を下げる。「何かあったら、すぐに連絡してね。あと、高村皇たちには注意して」

「何の連絡もなかったら、それこそわしの身に何かあったと思ってくれい」

「ニャンゴ」

「線香は供えてあげるって」

「全くおまえは何ということばかり！」

「魔除けのお面を、持って行く？」巳雨は尋ねた。「使ってもいいよ」

「いらんわい」佐助は、吐き捨てるように言うと、重い腰を上げた。「まあ、考えようによっては、何かあればわしの身にも降りかかってくるわけじゃから、確かに他人事ではないな。行ってくる」

「グリも連れて行く？」

「バッ、バカなことをぬかすな！　そんなことをしたら、あっちに辿り着く前に嚙み殺されてしまうわ。では、サラバじゃ」

そう言うと佐助は、サッサと居間を飛び出して行った。

「よろしくお願いします」

と彩音は、佐助を玄関まで送り届ける。

居間では、巳雨がグリの頭を撫でながら笑った。

「あのおじいちゃん、本当にグリのことが大好きなのね」

するとグリは、深い海のような青い目を細めて、

「ニャンゴ……」と鳴いた。

佐助を見送った彩音が、再び居間に戻ってくると殆ど同時に、三度インターフォンが鳴った。彩音は耳を澄ませ、思わず巳雨と目を見合わせる。

「ニャンゴ！」

グリが鳴き、巳雨が叫ぶ。

「陽ちゃんだ！」

玄関まであわてて走った彩音がドアを開けると、巳雨の言葉通りそこには、福来陽一が立っていた。

4

わが国最大の古代説話集である『今昔物語集』の「巻二十七、第四十」に、こんな文章が載っている。

「此様の者（狐）は、此く者の恩を知り虚言を不為ぬ也けり。然れば、自然ら便宜有て可助からむ事有らむ時は、此様の獣をば必ず可助き也」

つまり「このような狐は、恩を知っており、虚言を吐かない。だから、偶然の機会であっても、助けてやれる場合があればそうするべきだ」という。

そして、文章はこう続く。

「但し、人は心有り、因果を可知き者にては有れども、中々獣よりは者の恩を不知ず、不実ぬ心も有る也となむ語り伝へたるとや」

「かえって人間の場合の方が、このような動物より恩知らずである」という意味だ。

そして昨日、樒祈美子は、伏見稲荷大社で、この文章そのままの体験をした。

そのせいなのだろうか、祈美子は朝からずっと、嫌な動悸を感じている。こんなことは久しぶりだ……。

祈美子の家は代々、伏見稲荷大社の氏子であり、稲荷山には塚も奉納しているため、祈美子も今まで数え切れないほど参拝した。また、楹家はいわゆる「狐憑き」――憑き物筋の家系だといわれているので、狐に関する話は、亡くなってしまった父親の常雄(つねお)を始めとして、嫌というほど聞かされてきた。その上、個人的にも興味があったので、祈美子も独学で勉強した。そのため「狐」に関しては、歴史や民俗学の専門家に引けを取らないほど詳しく知っていると自負していた。

ところが昨日。

改めて「狐」に関して学ばされたのだ。これは、全く予想外の出来事だった。しかも、特に「稲荷神」が、狐そのものではないという話――。

いや。確かに言われてみればその通りで、狐はあくまでも稲荷神の眷属(けんぞく)。それがいつの間にか、吒枳尼天(だきにてん)などと習合して、現在のような状況になっていることは充分に分かっている。しかし、真の稲荷神は、また別にいらっしゃって、今も静かにお山に鎮座されているなんて……。

実に驚愕の事実だったが、それでも、稲荷神も狐も立派な神であることに間違いはなく、それは本当に嬉しかった。今まで、心に引っかかっていた憑き物筋という自分の家系も、それを考慮すれば、むしろ素晴らしい家柄になるのだから。

そこで祈美子は、稲荷に関して書かれている部分を新しい視点で、もう一度読み直してみようと思い『枕草子』や『蜻蛉(かげろう)日記』などを引っ張り出した。稲荷や狐に関する真実が理解できた今、きっとまた、全く違った世界が展開するに違いない。

そんなことを考えながら居間に移動し、テレビの電源を落として読書に勤しもうと思った時、

「ここで臨時ニュースをお伝えします」

画面が切り替わり、実直そうなアナウンサーが、硬い表情で口を開いた。

「今朝ほど、丹後一の宮の、籠神社で火災が発生しました。神社では大鳥居が倒壊し、何らかの原因で炎上したもようです。火は境内にも延焼して、消防隊員による懸命な消火活動が、現在も続けられています」

えっ。

祈美子の手が止まる。

籠神社といえば……天橋立。

八年前のバスツアーで、父の常雄が事故死した場所だ！

思わず祈美子は、画面に見入った。するとそこには、祈美子も良く知っている広い参道と、炎を巻き上げて燃えている一の鳥居と二の鳥居、そして火の粉を浴びて燻っている神門が映し出されていた。

その画面を呆然と眺める祈美子の前で、アナウンサーは続ける。

「なお、籠神社奥の宮であります真名井神社も、鳥居と本殿が炎上しており、また、

神社の駐車場に停められていました車の中から、神職の上岡泰介さん五十八歳の遺体が発見されました。上岡さんは鋭利な刃物で喉を刺されており、京都府警は、この神社火災と何らかの関連性があるのではないかとみて、捜査を開始しています」

何がどうなっているのだ？

祈美子は震えた。

昨日の稲荷大社の事件といい、何か日本がおかしくないか？

そういえば、一昨日は嚴島神社が大風の被害に遭ったというし、昨日の深夜、東京では仏閣が放火されたという。

これらは全て、伏見稲荷で会った彼女たちの仕業？

まさか……。

しかし、偶然にしてはできすぎだ。

それに今回は、天橋立。

祈美子の脳裏に、常雄の顔が浮かぶ。籠神社をメインにした天橋立を回るツアーに参加するため、関連資料がどっさりと入ったナップザックを背負って、玄関で笑いかけてきた。お土産話がたくさんあると思うから、楽しみに待っていなさい——。

常雄は言い、祈美子もそう思った。

というのも、籠神社奥宮の真名井神社の主祭神・豊受大神こそ、稲荷大神であるといわれているからだ。

その時まだ高校生だった祈美子は、今回のように稲荷神と狐の区別もきちんと理解できていなかったが、何となく不思議で興味を引かれた。何しろ、自分たちの家に深く関わっている狐の話だ。そしてその頃、祈美子にとっては、殆どネガティヴなイメージしかなかった「狐」について、籠神社の主祭神がそうだというのなら、少しは明るく向き合えるのではないかとも考えた。

そんなことまで思い出しながら祈美子は、もうすでに違う話題に移ってしまったテレビの電源を落とした。芸能人のゴシップなどには、狐の後（おく）れ毛（げ）ほどの興味もない。

祈美子は、暗い画面に映った自分の姿を眺めて爪を噛んだ。

どうしよう。

母親に断って天橋立まで行ってみるべきか。

いや。祈美子一人が出かけて行ったところで、何がどうなるものでもない。むしろ、捜査の邪魔になるだけの話だろう……。

一人悩んでいると、電話が鳴った。ディスプレイを確認すれば、澤村光昭（さわむらみつあき）からだった。祈美子の、六歳上の婚約者。

祈美子は、急いで受話器を取る。そして、

「光昭さんっ」と呼びかけた。「大変なんです！」

すると光昭も、

「うん」と大声で応えた。「今、ニュースを見てた。何か籠神社が凄いことになっているみたいだったから、すぐに昨日の伏見稲荷大社の事件を思い出したんだ。それに天橋立といったら、祈美ちゃんのお父さんが事故で亡くなった場所だろう。そう思ったから、すぐに電話してみた」

「ありがとう」

祈美子も、真剣な顔で頷いた。

さすが光昭、いつも祈美子のことを思ってくれている。

「私も、とても嫌な予感がしているんです。さっきからずっと、両腕に鳥肌も立っているし」

「昨日の事件のせいではなく？」

「多分……」

祈美子は頷いた。

昨日の稲荷大社の事件では、光昭も巻き込まれている。いや、巻き込まれたという以前に、光昭の伯父も「彼女たち」に殺害されてしまっていた。

「だから私」祈美子は言った。「今から天橋立まで行ってみようと思うの。いえ、もちろん私なんかが行ったところで、何がどうなるわけでもないでしょうけど、でも、父さんの件もあるし」

「祈美ちゃんのことだから、そう言うだろうと思った」光昭は多分、受話器の向こうで微笑んだ。「ぼくも、つき合う」

「えっ。でも、光昭さんは怪我を——」

光昭は昨日「彼女たち」に襲われた祈美子を助けるために、自分の腕に怪我をしてしまっていた。しかし、

「どうってことはないよ」光昭はあっさりと答える。「もう、殆ど痛みもない。いや、これは強がりとかじゃなくて、本当なんだ。あいつらが消えてしまってから、急に痛みも引いてね」

「それならば良いけど……」祈美子は、素直に頷いた。「じゃあ、お願いします。本当のことを言えば、一人じゃ、ちょっと心細かったので」

へえ、と光昭はおどけた声を上げた。

「いつも気の強い祈美ちゃんが、そんなことを言うなんて、驚きだね」

「止めてください」祈美子は、少しだけ耳たぶが赤くなる。「私だって、別に普通の——」

「分かってるよ」光昭は、優しく祈美子の言葉を遮った。「すぐに迎えに行くから」

「ありがとう」

と祈美子は答えて電話を切る。

でも、確かに光昭の言う通りかも知れない。

たった一日しか経っていないけれど、昨日の伏見稲荷大社での想像を絶する体験で、祈美子の中の何かが変わった気がする……。

母の泰葉(やすは)も、光昭と一緒ならばということで許可をくれた。但し、間違っても無茶をしないように、あなたは昔からそういう子なんだから——云々という、いつも通りの念押しを、いつものように聞き流す。

天橋立は、ここから電車でも車でも二時間ほど。向こうに到着してからのことを考えれば、やはり車の方が動きやすい。祈美子にとってみたら、とても助かる。改めて光昭に感謝して、祈美子は助手席に乗り込んだ。

そこで祈美子と光昭は、改めて昨日の殺人事件や稲荷に関しての話をする。それが一段落すると、ハンドルを握った光昭は尋ねてきた。

「稲荷や狐に関しては、ぼくも何とか納得できた。でも、天橋立の籠神社と、祈美ちゃんのいう稲荷とは、どこで関係してくるんだ？　といってもぼくは、天橋立に関しては『まだふみもみず』くらいしか知らないけどね」

「百人一首の、小式部内侍(こしきぶのないし)ですね」

「そう」

大江山いく野の道の遠ければ
　まだふみもみず天の橋立

の歌だ。ここでは「生野」と「行く」、「文」と「踏み」を掛け、更に「踏み」は「橋」の縁語になっているという、絶妙な歌だ。そしてこの歌の背景と意味はこうだ。

小式部内侍は、まだ若いのに歌が上手なことで知られていたため、宮廷では、どうせ才能ある母親の和泉式部が代作しているのだろう、という噂が立っていた。そこである時、歌合わせの作者に選ばれた小式部内侍に、中納言・藤原定頼が「丹後へ下っているお母様との歌の相談は、もう終わりましたか」と言って揶揄した。その際、この歌を咄嗟に詠んだとされ、小式部内侍の才女ぶりが改めて喧伝されたのだという。

話の真贋は分からないが、少なくともこの歌によって、天橋立という地名が人々の間に広く知られるようになったことは間違いない。

ちなみに現在、天橋立に鎮座している橋立明神近くには、

橋立の松の下なる磯清水
　都なりせば君も汲ままし

という、和泉式部の歌碑が建てられている——。

そんなことを思い出しながら、祈美子は光昭に向かって説明する。

「現在、籠神社の主祭神は、息津鏡・辺津鏡の二つの神宝を手に降臨した、彦火明命。この神は最初、若狭湾に浮かぶ冠島に降りたんだけど、その後で丹後の国へと遷り、丹後——丹波国はもちろん、大和国までも治めるようになった。やがて、この彦火明命の御子が、丹後国・真名井原の吉佐宮に豊受大神を祀ったのが、籠神社の創祀といわれているの。だから『奥宮真名井神社由緒』として『磐座主座（上宮）豊受大神』とあって、更に、
亦名天御中主神・国常立尊、その御顕現の神を、倉稲魂命（稲荷大神）と申す。

と書かれている」

「豊受大神が、稲荷大神か……」と呟いた後、光昭は「ああ」と頷いた。

「確かに、稲荷大社の稲荷神は『宇迦之御魂大神』だ。この神と、豊受大神が同神だというわけだね」

「そういうこと」

「でも……伊勢神宮なんかだと、豊受大神は天照大神の食事を司る女神とされているんじゃなかったかな。とすると、豊受大神＝宇迦之御魂大神＝稲荷神だと、稲荷神が女神になってしまわないか」

　ええ、と祈美子は眉根を寄せた。

「実は私も、その辺りが良く分からないんです……」

　と答えて、自分の中で理屈を整理しようとするかのように、爪を噛みながらゆっくり話す。

「確かに彦火明命は、他の多くの神々と同一視されています。『海部氏系図』や『海部氏勘注系図』や『極秘伝』などによれば、この神は今の、天御中主神や、国常立尊であるとか、あるいは、物部氏の祖先であり十種の神宝を持って降臨したという饒速日命であるとか、山城国の賀茂別雷(かもわけいかずち)命だとか、または彦火々出見(ひこほほでみ)命――山幸彦であるとか」

「そうなると、さっきの豊受大神自身ということにもなるね。しかも、男神・女神の区別もなくなってしまう」

「その上『丹後國一宮深秘』という書物によれば、豊受大神の『豊』は国常立尊であり、『受』は天照大神を表しているのだと書かれているの」

「天照大神か」光昭は眉を顰(ひそ)めた。「ますます複雑になってきちゃったな。そもそも伊勢神宮では、天照大神と豊受大神は、別々に祀っているんじゃなかったっけ」

「外宮に、豊受大神。内宮に、天照大神を祀ってる。だから、この『深秘』の話を信じると、伊勢神宮では、天照大神を外宮・内宮の両方で、二重に祀っているということになってしまうの」

「わけが分からなくなってきたよ」光昭は苦笑する。「しかも、豊受大神が倉稲魂——つまり、稲荷神だっていうんだから」

「でもここで、彦火明命の后神は、市杵嶋姫命だとされてる」

「嚴島神社の主祭神の」

そう、と祈美子は頷く。

「そして、宗像三女神の一柱。そうすると確かに、市杵嶋姫命は宇迦之御魂大神でもあるわけだから、倉稲魂＝稲荷神で問題はないの。でも私たちは昨日、伏見稲荷大社で、真の稲荷神は男神だったということを知ったでしょう」

祈美子は一度、眉根を寄せてから続けた。

「ただ、大きい括りでいえば、もちろん市杵嶋姫命も稲荷神であることに間違いないけれど……」

「そのあたりに関しては、ゆっくり考えてみよう」光昭は、前を見つめたまま言った。「あと、さっき祈美子ちゃんが口にした『山幸彦』っていう名前。これはもちろん

『海幸彦・山幸彦』だね？」

「そう」

「懐かしいな。子供の頃に聞いた」

と言って、ごく簡単に内容を振り返った。そして、

「でも、この山幸彦と竜神の娘の豊玉毘売命（とよたまびめ）の間に生まれた御子が、神武天皇の父親だって聞かされた時は、ちょっと驚いた。唐突で」

笑う光昭に、祈美子も頷く。

「鵜茅葺不合命（うがやふきあえず）だといわれてる——。それでね、丹後地方に伝わる『羽衣伝説』があるんだけど」

「知ってるよ。天に戻れなくなった天女の話だろう」

「そう。そこにも、この山幸彦に関係した人物が登場するんです」

へえ、と光昭は横目で尋ねた。

「誰だい？」

「山幸彦を、豊玉毘売命のもとに案内した老人なの。鹽土老翁神という」

「しおつちのおじ」光昭は首を捻った。「何となく聞いたことがあるような気もするけど……」

「羽衣伝説では、天女のその羽衣を隠してしまったのが鹽土老翁神ともいわれている

んです。その結果、天女は地上に留まらざるを得なくなってしまい、豊宇賀能売(とようかのめ)——豊受大神となったという」

「豊受大神！」

「それぞれの話の整合性は取れないんですけど、こうして同じような神々が、どこかで繋(つな)がっている……。光昭さんは、天橋立の近くにある、智恩寺(ちおん)というお寺の名前を聞いたことがありますか？」

ああ、と光昭は首肯した。

「もちろん、知ってるよ。文殊菩薩(もんじゅ)を本尊にしている、立派な寺院だろう。天橋立を訪れる人々の殆どが参拝すると言われているお寺だね。その近くにある、石造りの『智恵の輪』の前では、文殊菩薩の御利益を授かりたいと思って、いつもたくさんの観光客が写真を撮っている」

「その『智恵の輪』に関しては、江戸時代に貝原益軒(かいばらえきけん)の著した書物にも載っているといいますから」

「その智恩寺が、何か？」

「本尊の文殊菩薩の垂迹神(すいじゃく)——つまり、仮の姿を取って現れた神こそ、山幸彦だといわれています」

「えっ」

「だから私は、山幸彦がこの天橋立にいらっしゃったからこそ、文殊菩薩を祀る智恩寺が建立されたのではないか、と思っているんです」

「なるほどね」光昭は大きく頷いた。「そういうことかも知れないな。色々と興味が湧いてきたよ。これで事件さえなければ、天橋立はとても面白そうだけどね」

「でも、あんな大変な事態に陥って……」

「この事件は、やはり昨日の伏見稲荷大社で会った奴らのせいなのかな」

「それは何とも言えませんけど……。そう考えておくに越したことはありません」

「そうなると、奴らはぼくたちの顔を知っていることになるから、注意深く慎重に行動しないとね。どちらにしても、危険な場所に出向こうとしていることは間違いないんだから」

「はい」

　と答えたものの祈美子は、内心では、それほど心配していなかった。というのも今朝、何気なく自分の腕に目を落とすと、三センチ四方ほどの痣ができていたのだ。どこにもぶつけた記憶はなかったし、もちろん引っ掻いたりした覚えもない。しかもその痣は、どことなく狐の顔を思わせる。しかも、その色も狐色。

　これは、狐が自分を護ってくれている印なのだ、と直感した。

　祈美子は、その痣を洋服の上から押さえて軽く目を閉じると、

〝稲荷山、我が玉垣を打ち叩き、我が祈ぎ事を我と答えん――〟

心の中で静かに祈った。


祈美子たちが宮津に到着した頃から、辺りは大混雑だった。というのも、何故か天橋立を離れようとしている人々で、車が大渋滞を起こしていたのだ。

「何があったんでしょう……」祈美子は訝しむ。「籠神社や真名井神社の事件だけで、こんなに混乱しているとは思えません」

「ラジオのニュースでは、まだ何も言っていなかったけど」光昭も首を捻る。「急に新しい事件でも起こったのかな」

そんな！　と祈美子は顔をしかめた。

「今以上に酷いことが？」

「とにかく行けるところまで行って、そこで様子を見よう。国道さえ通れれば、迂回して籠神社までは行けるから」

「お願いします」

と祈美子は言ったのだが――。

やはり、何かとんでもない事件が起こっているようで、天橋立駅を過ぎた辺りで、府道二号線と国道百七十八号線は、封鎖されていた。

これでは、対岸の籠神社まで行かれない。

「どうしたの！」祈美子は思わず叫んでしまった。「一体、何があったの」

「これは……」光昭もハンドルを叩いた。「さすがに、どうしようもないな。どこかに車を停めて、歩こう」

「はい」

運よく一台だけ空いていたパーキングに車を入れると、二人で小走りに天橋立へと向かう。しかし、近づくほどに混雑は酷くなってくる。たまらず祈美子は、地元の人間らしき男性に尋ねた。するとその男性は、苛（いら）つきを隠さずに早口で答えた。

「天橋立が、浸食されよるんじゃ！　物凄い勢いでな」

えっ、と祈美子と光昭は顔を見合わせる。

「でも、今までも少しずつ海水に浸食されていると——」

「規模が違うんだよ。もう、何本も黒松が倒れちまった」

祈美子たちはお礼を言って、人混みを掻き分けるようにしてひたすら走る。やがて目の前に天橋立が見えてくると、

「あっ」

祈美子は声を上げてしまった。確かに、綺麗に並んでいる黒松が、一本一本水飛沫（みずしぶき）を上げながら海に倒れては、波に呑み込まれているではないか。

「光昭さんっ」祈美子は、光昭の腕にしがみついた。「これは、どういうことなんですか！」

そう尋ねられて、もちろん光昭は答えられるわけもない。ただ目を見開いたまま、首を横に振るだけだった。

辺りは大混雑だった。祈美子たちと同じように、被害の状況を見極めようという人々。とにかく一刻でも早く、天橋立から離れようという人々。近辺のホテルの窓から顔を突き出して、心配そうに眺めている人々。智恩寺の僧侶たちや寺務員たちも、不安げに山門の前からその様子を眺めていた。

すると、

「祈美ちゃん」と光昭が指差した。「あそこにいるのは、昨日会った刑事さんたちじゃないか」

えっ、と思って祈美子がそちらに視線を移せば、そこには男女二人の京都府警の刑事が立っていた。一人は、少し苦み走った――というより、いつも苦虫を嚙みつぶしたような表情の中年男性。もう一人は祈美子と同い年くらいの、そう言われなければとても刑事とは思えないような可愛らしい女性。瀬口警部補と、加藤裕香巡査だ。

しかし彼らは、京都府警捜査一課。つまり、殺人・強盗事件が担当のはず。

ということは――。

「あの人たちの所へ行きましょう！」

祈美子は言うと同時に走り出し、光昭もその後を追った。

瀬口は、地元の警官に指示を送ったり、関係者らしき人間に話をしたりと、対応に忙殺されている。それを裕香が、再確認したりメモを取ったりしていた。

そんな慌ただしい中に、祈美子は無理矢理に割り込んだ。

「こんにちは！」

祈美子の声に、二人は振り返った。その隙を逃さず、祈美子は続ける。

「昨日は伏見稲荷大社で、大変お世話になりました。榁祈美子と、こちらは澤村光昭さんです」

あ、と瀬口は祈美子たちに向かって、あからさまに迷惑そうな視線を投げた。

「ああ、どうも。それで、どうしてここに？」

「話せば、とても長くなってしまうんですが――」

「申し訳ないが、今この状況で、長いお話を聞いている時間はない」

「警部補」と裕香が、割って入ってくれた。「昨日、あれほどお世話になったじゃないですか。あなたたちも、大変でしたね。色々と、ありがとうございました」

いいえ、と祈美子は裕香と向き合う。

「こちらこそ、ありがとうございました。それで――天橋立は、どうなってしまっているんでしょう」

「籠神社の事件は、聞いていますか？」

「その話を聞いて、ここまで駆けつけて来たんです」

そうですか、と裕香は頷いた。

「私たちもそうだったんですけど、現場に来てみたら、こんなことになっていて」

「天橋立が浸食された？」

「浸食どころじゃないの」裕香は目を大きく見開いて、祈美子に言った。「水没してるんです」

「えっ」

「籠神社側の舟越（ふなこし）の松も、双龍（そうりゅう）の松も倒れて、海に呑み込まれました。そして、こちら側は九世戸（くせど）の松が倒れた」

「浪（なみ）せき地蔵は！」

「それが」と裕香は、悲痛な顔で答えた。「何者かによって、壊されていました……」

「そんなっ」

祈美子は絶句する。

浪せき地蔵というのは、大天橋の近くに立っている地蔵菩薩像で、その昔、宮津湾から押し寄せてきた大波をその場で止め、村の人々の命を救ったという、地元住民の守り神だ。だから現在も、地蔵像の前には、献花や供物が絶えることがなかった。

「それが壊されているということは」祈美子は戦慄する。「まさか橋立明神まで！」

「そこは、まだ大丈夫……とはいえ、全く予断は許されません。何しろ、こんな状況なので」

言われるまでもない。

昨日の伏見稲荷大社の千本鳥居と同様、ドミノ倒しのように順々に倒れては、波しぶきを上げながら海に呑み込まれてゆく黒松を眺めて、祈美子はそう思った。

すると、

「警部補！」と一人の若い警官が駆け寄ってきた。そして、祈美子たちをじろじろと見ながら告げた。「また、新たな事件が――」

「今度は、どうした」

と言って瀬口は、祈美子たちを横目で見ながら、警官の報告を聞く。

「何だと」瀬口は叫んだ。「浦嶋神社だ？」

えっ、と祈美子は反応した。

「伊根の浦嶋神社ですよねっ。そこが何か！」

瀬口は警官を帰すと、祈美子を睨んで、

「きみたちには関係ないが」と念を押して言った。「燃えているそうだ。死傷者も出たらしい」

えっ、と驚く祈美子に、

「ということで」と瀬口は言う。「おしゃべりは、ここまでだ。我々も念のために、浦嶋神社に向かう。行くぞ、加藤くん」

「はいっ」

「それでは!」と祈美子は叫ぶ。「ぜひ、私たちも」

「は?」瀬口は呆れたような目つきで、祈美子を見た。「何を言ってるんだ。早く帰りなさい」

「でも!」

「ダメだ。観光旅行じゃないんだ」

ひらひらと手を振る瀬口に向かって、祈美子は訴えた。

「私も、観光や興味本位でここまでやって来たんじゃないんです! どうしても来なくてはならなかった」

「どういうことだ?」

「瀬口警部補は、八年前の天橋立の事故を覚えていらっしゃいますか。浦嶋神社から籠神社に向かう途中で、観光バスが若狭湾に転落して全員死亡した」

祈美子は一気にまくし立てた。

「そこで、私の父が命を落としたんです！　でも、あれは単なる事故じゃない。私はそう思ってるんです。まだ何も証拠はありませんけど」

「え」と裕香が目を丸くする。「あなたも！」

その言葉に今度は、祈美子が驚く。

「あなたも、ということは……」

そうなの、と裕香が身を乗り出した。

「私も、兄をあの事故で亡くした。そして、あなたと同じように考えているのよ」

「そうだったんですね！」

「警部補」裕香は、真剣な眼差しで、瀬口に向き直る。「ぜひ、祈美子さんたちもご一緒に」

「バカを言うな」瀬口はイライラと怒鳴った。「そんな探偵ごっこは、後でやればいい。今は仕事だ。行くぞ」

「はい」裕香は頷く。「全員で行きましょう」

「何だと」

「昨日の伏見稲荷大社でも、そうだったじゃないですか。祈美子さんたちは、命懸けで戦ってくれました。そして私たちを助けてくれた。今回も、絶対にそうなるような気がします」

「また、得意の直感か」

「いえ。実感です」裕香は訴えた。「警部補、お願いします。私も祈美子さんのお話を、どうしても聞きたい」

「……時間がない」瀬口は全員に背を向けると、車に向かって歩きだした。「早くしろ！」

「じゃあ、全員で——？」

「早くしろと言ってるんだ」

瀬口は不機嫌そうに、助手席のドアを開けると車に乗り込んだ。

それを見て裕香は祈美子たちに向かって、

「行きましょう！」

と頷き、祈美子たちも大急ぎで裕香の後ろに続いた。

＊

栞は、嚴島の宮島桟橋に到着すると、その足ですぐに武彦の職場の観光案内所へと向かった。周囲は相変わらず、観光客で賑わっている。世界文化遺産に認定されたために、外国人の観光客も爆発的に増えているが、栞には関係ない。ここは自分の故郷。それだけのことだ。

　栞が案内所の事務所に入ると、誰からも「真面目すぎる」と評されている武彦は、予想通り大汗をかきながら、さまざまな対応に追われていた。つい先日、あんな大きな事件が起こり、まだ広島県警や消防隊員も訪ねてきているというのに、またしても弥山や嚴島神社本殿が鳴動し始めているのだという。

「武彦さんっ」

　栞は、武彦が必死に対応していた電話を切ったタイミングを見計らって、大声で呼びかけると、

「ああ」と武彦は、汗を拭いながら栞を見た。「先に帰ってしまって、悪かったね。お疲れさま」

　こんな時でも他人を気遣う。これが武彦の長所でもあり、同時に栞を苛つかせる部分でもある。

　栞は、無事に頼まれごとを済ませたという報告をすると、

「それで」と勢い込んで尋ねる。「お山は、大丈夫なんですか！」

　いや、と武彦は軽く首を振った。

「とっても不穏だね。かなり揺れているらしい」

「確かに……こうしていても、少し揺れを感じます。この間ほどではないけど、空気

も張り詰めている感じです」

「お山は、ここよりもっと酷いらしいよ。さっき、獅子岩駅の佐久間さんも、そう言っていた」

宮島ロープウェー終点の駅員だ。先日も、栞たちと一緒に広島県警の事情聴取を受

けたばかり。

「酷いって、まさか、また御山神社や仁王門が？」

「いや、それは大丈夫のようなんだけど、とにかく鳴動が収まらないらしい。もちろ

んお山は、火山ではないけど、まるで火山性の地震のようだと言っていた」

「そんな……」

確かに先日、神を畏れぬ不心得者たちのせいで、市杵嶋姫命がお怒りになられた。

その結果、嚴島神社のシンボルである大鳥居倒壊と本殿破壊寸前までいった。それを

彩音や、武彦や、亡くなってしまった栞の祖母の力まで借りて、また栞自身も瀕死の

目に遭いながら何とか食い止め、市杵嶋姫命にも鎮まっていただいたばかりだ。

それなのに、またしても？

〝お山で、何が起こっているというの……〟

いや、たとえ何が起こっていても、食い止めなくてはならない。

それが何かを確かめなくては。そして、この島を護らなくては！

栞は意を決した。

「私、お山に行って来ます」

えっ、と武彦は栞を見つめた。

「危険だ。それに、あんな危ない目に遭ったばかりじゃないか」

「だからこそ」栞は武彦の黒い瞳を見返した。「市杵嶋姫命さまには、きちんと鎮まっていただきました。ということは、また新たに何かが起こっているんだと思います。それこそ、またしてもこの間の彼らの仕業かも知れない」

「たとえそうだとしても、今は危ない」

「でも、行かなきゃ！」栞は訴えた。「こんな麓でぐずぐずしていて手遅れになったら、それこそ取り返しがつかなくなります。先日の彩音さんたちの努力も、武彦さんの苦労も全てが！」

「だからと言って、ここで栞ちゃんを――」

「私は大丈夫です。心配してくれて、ありがとう」

栞は、心の中で泣きそうになった。

武彦が自分のことを思いやってくれている。今は、それだけでいい。

「行かなくちゃ！」

「……分かった」武彦は頷いた。「ぼくも行こう」

「栞ちゃん一人で行かせられない。それこそまた、死んだ女房に怒られちまう」と言って、白い歯を見せて笑う。「一緒に行くよ」

「でも……」

「こんな状況だから、ロープウェイはいつ止まってもおかしくない。だから、ぼくが車を出す。二人で行こう」

それは助かる。

確かに「宮島ロープウェー」を使えば、麓の紅葉谷駅から出発し、途中の榧谷駅で乗り換えて、二十分弱で佐久間のいる獅子岩駅に到着する。しかし、そこから御山神社まで、山道を三十分以上歩かなくてはならない。

だが車なら、二十分弱で一気に奥の院まで行くことができる。そこから仁王門を通って御山神社まで歩けば、道は悪いが、比較にならないほど早い。

「それでも、武彦さんはお仕事が……」

「お山の状況を調べるのも、仕事だ」武彦は微笑む。「それに、こんなことが起こってるおかげで、人がたくさん出勤しているし。ぼく一人くらい抜けても大丈夫」

「ありがとうございます」

栞が頭を下げると、

「えっ」

「じゃあ、すぐに出発しよう！」

と武彦は言って、上司の許可を取りに走った。

その間、栞は事務所のテレビでニュースを見た。すると、丹後の天橋立でも、何やら事件が起こっているらしい。そしてまた、宮城の松島でも——。

〝どういうことなの……〟

これら一連の事件が、この間の彼らのせいだとしたら、まさか日本三景を壊そうとしている？

それらを壊して、どうするというのか。

などと考えていると、すぐに武彦が戻ってきた。

「弥山と御山神社を見回ってきますと言ったら、すぐに許可が下りた。というより、許可しなくてもどうせおまえは行くんだろうと言われたよ。さすが上司は、ぼくのことを良く分かってる」武彦は笑った。「さあ、行こう」

これも多分、先日の事件の影響だ。あの時、武彦は周りの人たちの制止を完全に無視して、栞に協力してくれたのだ。しかも、命懸けで……。

栞は、再び涙ぐみそうになったが、今はそんな甘い余韻に浸っている場合ではない。奥歯を噛んで硬い表情で頷くと、二人は車へと向かった。

武彦の運転する車は、奥の院までの山道を揺れながら登る。

栞が、窓の外に流れる景色に目をやると、いつもそこかしこに姿を見せる鹿たちも、今日は一頭も目にしない。彼らも危険を察知して、どこかに隠れているのだ。

確かに、奥の院に近づくにつれて栞の胸も、段々と重くなってくる。

〝市杵嶋姫命さま……〟

栞は、助手席で祈る。

〝何が起こっているのかは存じませんが、もう少し、もう少しだけご辛抱くださいお鎮まりください〟

栞は一心に祈る。

そして、この気持ちは必ず通じる、と一人勝手に思っていた。

というのも、一昨日、栞が自分の命を投げ出すつもりで市杵嶋姫命を止めた時、その姿を朧気に目にしたような記憶が、頭の隅に残っているからだ。

それはきっと、生死を彷徨っていた栞の幻覚だったろう。

しかしその姿は、とても美しく優しく優雅で、とても大怨霊と認識されている女神とは思えなかった。しかもその時、市杵嶋姫命は、栞に向かって、優艶に微笑んでくれたのだ。

栞は、心を込めて祈る。

〝今すぐに伺います。そしてお話を伺って、私にできることであれば、どんなことでもします。ですから、もう少しだけお鎮まりください〟

そして、

〝お祖母ちゃん。私たちを護って！〟

5

裕香の運転する車は、丹後半島沿いの国道百七十八号線を、浦嶋神社へと向かって走る。途中一度、籠神社に立ち寄り、瀬口がその場にいた刑事たちと一言二言話をしたが、すぐに車に戻ると、再び急いで出発した。

祈美子は光昭と並んで後部座席に腰を下ろし、食い入るように前方を、そして右手に広がる若狭湾を眺めた。

ここだ。もう少し北に向かった場所で、父の常雄が命を落としたのだ。祈美子の手のひらには、いつしか汗がじわりと滲(にじ)んでいたが、海は夏の日差しを受けて、ただキラキラと眩(まぶ)しく輝いているばかりだった。

すると、ハンドルを握っていた裕香が瀬口に何やら小声で話しかけ、それを聞いた瀬口は面倒臭そうに頷くと、裕香から顔を背けるように窓の外に視線を移した。

裕香は、バックミラーで祈美子を見て言う。

「それで、八年前の事故なんですけど」

この話をする許可を取ったのか、と祈美子は理解した。

「祈美子さんは、お父さまを亡くされたんですね」

「ええ」祈美子は頷く。「裕香さんのお兄さまと同じツアーに参加して」

「おいくつだったんですか？」

「まだ四十八歳でした。どうしても行くと言って、家を出て」

「私の兄も」裕香は頷く。「やはり、こんな機会は滅多にないからと言って参加しました。まだ二十一歳だったのに」

「そうですか……」

沈痛な顔つきで答える祈美子の隣から、

「そんなに、貴重なツアーだったんですね」光昭が尋ねる。「それは、どんな企画内容の？」

はい、と運転席から裕香が答えた。

「國學院大学の潮田教授主催で、一緒に丹後国をまわり、しかもその夜は、潮田教授による古代丹後国に関するお話を聞くことができるという企画だったようです。ですから、全国各地から応募が殺到して、抽選で参加者が決まったという」

「潮田教授というと、もしかして——」

そうです、と今度は祈美子が答えた。

「日本古代史に関して、かなり過激な論説を展開していて、学界でも敵が多かったという、あの教授です」

「天皇論に関しても」裕香が補足する。「少し危ない意見をお持ちのようでした」

「危ないというと？」

「最近よく耳にする、女性天皇とか、女系天皇とか……そういった点に関しても」

「女性天皇論や女系天皇論が、どうして危ないんですか？」

「私も勉強中で、まだ詳しくは知らないんですけど……確か、今さらそんなことを言う方がおかしい、というような」

「今さらって、どういう意味だろう」

「あと、万世一系に関しても」

「万世一系論については、今は殆どの人たちが懐疑的ですよね。継体天皇で、王朝が交替したという有名な説もある」

「いいえ。潮田教授によれば、万世一系は正しいそうです」

「え？」

「でも、男系・女系という論がおかしいと——」

「分かりませんね」光昭は苦笑した。「しかし、興味深い話ではあります。それで結局、潮田教授は何と？」

「知らないんです」

「知らない？」

「その話をされる前に亡くなってしまいましたし、もしも参加者にそんな話をされていたとしても、彼らは全員死んでしまった」

「ああ」光昭は、硬い表情で頷いた。「観光バスの事故でね。しかし……余りにもタイミングが良すぎますね」

「そうなんです」裕香が厳しい口調で言う。「それに、その他にも何か古代丹後国の秘密を握っておられるようだ、と生前、兄が言っていました。でもそれが公になれば、嫌がる人たちが大勢いるだろうなと、笑いながら……」

「私の父も」祈美子も言った。「やはり、同じようなことを言っていました。だからこそ、どうしても話を聞きたい、と」

「ではやはり」裕香はチラリと祈美子を見る。「お父さまも『丹後七姫』を調べに？」

えっ、と祈美子は不思議そうな顔で見返した。

「いいえ。私の父は『稲荷神』を追っていたんです。私の家は、その……伏見稲荷大社の熱心な氏子なので」

と言って、先ほど光昭に告げた稲荷の話を、簡単に伝えた。

籠神社の主祭神の彦火明命は豊受大神であり、同時に倉稲魂、つまり稲荷神である。そして伏見稲荷大社の稲荷大神も、宇迦之御魂神で、同一神となる――。

「ということは」裕香は大きく頷く。「兄とは目的が異なっていたんですね」

「お兄さまの調べていたという『丹後七姫』に関して、その名称は聞いたことがありますけれど……具体的にはどのような方たちだったんですか？」

「折角ですから、ご説明しましょう」

裕香は、右に左にとハンドルを切りながら言う。片側一車線の道は、徐々にうねり始め、ガードレールの向こうは、すぐに若狭湾だ。

「この丹後国には、この地で生まれたり、あるいは敵から逃げて隠れ住んだりした女性たちの伝説があります。それは文字通り伝説であったり、あるいは史実だったりとさまざまですが、共通しているのは、その人たち誰もが、日本史上でとても有名な女性なんです。たとえば、伝説の部分では『乙姫』『羽衣天女』。実在していた女性は『小野小町』『静御前』『細川ガラシャ』。そして、その中間として『間人（はしひと）皇后』『安寿（あんじゅ）姫』、あるいは『川上摩須郎女（かわかみのますのいらつめ）』です」

「お詳しいですね！」

「兄のおかげで、勉強させられました」裕香は、照れたように苦笑いする。「もっと詳しくお話ししましょうか？」

「ぜひ、お願いします」

という、真剣な祈美子の声に促されるように、

「では」と裕香は続けた。「一人めの『乙姫』はもちろん、今向かっている『浦嶋神

社』の祭神の浦島太郎物語に登場する、海神の娘神です」

「亀に乗って竜宮城に行った浦島太郎に、玉手箱を渡した――」

という光昭の言葉に、

「ただここで」と裕香は言う。「太郎の乗った亀自身が、乙姫だったという説もあります」

「亀が？」光昭は驚く。「どういうことですか？」

「残念ながら、そこまでは知りません」

裕香は首を振ったが――。

ふと、祈美子は思う。

そんな話を、以前どこかで聞かなかったか。それは、どういう話だったか……。

悩む祈美子の前で、裕香は続けた。

「次は『羽衣天女』です」

と言って、羽衣伝説に関して説明する。

磯砂（いさなご）山近くの、天女の里といわれている地には乙女（おとめ）神社があり、また羽衣伝説は、最終的に「豊宇賀能売」に言及している――。

「とようかのめ？」祈美子は尋ねた。「それは、豊受大神のことなんでしょうか」

とすれば――稲荷大神だ。しかし、

「おそらくそうだと思いますが、何とも言えません」裕香は答える。「近くにある、元伊勢・比沼麻奈為(ひぬまない)神社の祭神は、確かに豊受大神です。でも、そもそもあの神様に関しては、男女の区別もつかないようですし……」

その通りだ。さっき、祈美子が言ったことと同じ。

「次の『小野小町』は」と、裕香は続けた。「言うまでもなく平安時代、六歌仙の一人として有名です。そしてやはり平安貴族で、夜毎、地獄の閻魔大王のもとに通っていたという、小野篁(おののたかむら)の孫だともいわれています」

その伝説は、祈美子も聞いたことがあった。

平安時代きっての博学であった小野篁は、京都・東山にある六道珍皇寺(ろくどうちんのうじ)の井戸から、毎夜地獄へ行っていたという。そして実際に珍皇寺には、自ら刻んだという閻魔大王像が安置されている——。

「小町は」と裕香は言う。「この丹後で息を引き取ったといわれています。なので大宮町には小町の墓があり、

九重の花の都に住はせで

　はかなや我は三重にかくるる

という辞世の歌も伝わっています」

「小町の墓があるんですか」

「ええ。近くの妙性寺には、小町像も飾られて、山号も『小野山』といいます」

「なるほど……」

驚く光昭をバックミラーで見て、裕香は続けた。

「また、小町の墓から北へ行った場所には、戦国武将・明智光秀の娘の玉——細川ガラシャが幽閉されていた地があります。ご存知のように彼女は、石田三成によって人質に取られることを拒み、関ヶ原合戦を前に、

散りぬべき時知りてこそ世の中の
　花も花なれ人も人なれ

と辞世の歌を詠んで、家老の小笠原秀清に自分の胸を突かせて亡くなったと伝えられています」

「確か……」と祈美子は言う。「キリシタンだったので、自殺——自刃できなかったのだと」

「その通りです」裕香は頷いた。「ちなみに、このガラシャの行為に驚いた三成は、

それ以降、諸大名の妻子を人質に取るという作戦を控えたともいわれています」

そうだとすれば、自分以降の大勢の女性たちを救った、まさにキリシタン的な行為だったといえる――。

「そして次に」裕香は言う。「丹後半島を、更に北に上った間人(たいざ)に関連する、穴穂部間人(あなほべのはしひとのひめみこ)皇女です。彼女は、第二十九代天皇・欽明(きんめい)の皇女で用明(ようめい)天皇の后、つまり聖徳太子の生母といわれています」

「聖徳太子ですか！」

ええ、と裕香は言う。

「蘇我氏と物部氏の争いから逃げて、この地に身を寄せていたと伝えられています。そして何年か後に世情が落ち着いた頃、都へと戻る際に、世話になった感謝の意を込めて、皇女は自らの名前をこの里に与えました。しかし村人たちは、畏れ多いとして『間人』という名前を『退座――たいざ』と読み替えたのだと伝えられています」

「確かに」光昭は頷いた。「『間人』は、どう読んでも『たいざ』とは読めませんからね。それは、ぼくも昔から不思議だった」

「そうですね」裕香は微笑んだ。「さて、次は六人めの『静御前』です」

「静御前は、もちろん源義経(よしつね)の寵愛(ちょうあい)を受けていた女性ですね」

はい、と裕香は答える。

「彼女は、今の間人から南西の網野(あみの)町で生まれたといわれています。その後、ご存知のように義経と出会い、彼の子を宿しました。しかし義経の兄・源頼朝によって、その子も殺害され、傷心のまま静は、自分の生まれたこの地に戻り、短い生涯を終えたと伝えられています」

「こうして改めて聞いてみると」祈美子が、ポツリと言った。「何故か皆、悲しい運命を背負っていますね」

「ええ」裕香も頷いた。「そして、悲しい運命といえば、七人めの『安寿姫』もそうです」

「いわゆる『安寿と厨子(ずし)王』ですね」

「そうです」

と答えて、裕香は説明する――。

安寿と厨子王の姉弟は、筑紫の国に追放されてしまった父を慕って旅に出たが、その途中で悪い人買いに欺されて、丹後国の山椒大夫(さんしょうだゆう)に売り飛ばされてしまう。その後の余りの苦役に、安寿は弟の厨子王を逃亡させることにした。

そのおかげで厨子王は、何故か常に神に助けられながらも、やがて立派な領主となって丹後国に戻り、盲(めしい)てしまった母親とも再会するが、姉の安寿は、厨子王を逃がした後、すぐに近くの沼に身を投げて自殺してしまったことを知る。厨子王をずっと護ってくれていたのは、安寿の霊だったのだ……。

「丹後由良の」裕香がつけ加える。「安寿の里もみじ公園の中に、彼女たちの銅像が建っています」

「これで、七姫ですね」

「いえ。この安寿姫の代わりに、さっき言った、川上摩須郎女という女性を入れるという説もあります」

「その女性は、どういう方なんですか？」

「丹後半島の、籠神社とちょうど反対側のつけ根にある、久美浜という土地に伝わる話で、この女性は、丹波国の国王であった丹波道主命の妻といわれ、摩須郎女の娘は、垂仁天皇の后となり、景行天皇や倭姫命をもうけたといいます」

「倭姫命は、天照大神と共に日本各地をさすらった女神！」

「はい」

と答える裕香に、光昭は言う。

「ちょっと待ってください。丹波道主命って、確かどこかで聞いたような……」

俯きながら指で自分の額を叩いていたが、

「ああ」と顔を上げた。「彦火明命の別名じゃないか！」

えっ、と祈美子は光昭の顔を見る。

「籠神社の主祭神の？」

「そうだよ」

「ということは」祈美子は、目を見開いた。「その、川上摩須郎女が火明命の妻……つまり市杵嶋姫命であり、宇迦之御魂だということなの！」

確かに、と光昭は頷く。

「市杵嶋姫命の別名は、道主貴（みちぬしのむち）というと聞いたことがある」

火明命――稲荷大神――宇迦之御魂大神――市杵嶋姫命。

色々と繋がってきた。

だが何なのだろう、この繋がりは？

祈美子が訝しんでいると、

「それにしても」と光昭が言った。「羽衣天女、小野小町、静御前、細川ガラシャ、安寿姫という人たちは、全員が悲しい運命に遭っていますね。丹後七姫、あるいは八姫のうち、五人までもが悲惨な人生を歩んでいる」

「いいえ」と裕香は言った。「間人皇后や、川上摩須郎女だって分かりません。もしかすると、表に出てきていないような、辛い人生を経験しているのかも」

「川上摩須郎女が、市杵嶋姫と重なるのならば、間違いなく悲しい目に遭っているでしょう。それこそ、怨霊になってもおかしくはないような」光昭は納得した。「つまり、この土地の人々は長い間『丹後七姫』という怨霊たちを祀り、供養してきたということなのかも知れない」

「そうですね」裕香は首肯した。「今まで、そんな視点で見たことはありませんでしたけど、本当はそういうことだったのかも」

「でも――」と祈美子は眉根を寄せる。「彼女たち『丹後七姫』と、父が調べていた稲荷神や、潮田教授のおっしゃっていた天皇家の系譜に、一体どんな共通点が？」

「想像もつきません」裕香は顔を曇らせる。「それこそ、間人皇后や川上摩須郎女は、天皇家と関与していますけど……」

と言って首を振った時。

祈美子は突然、激しい頭痛に襲われた。こめかみが、キリキリと痛む。

〝どうしたの……〟

と思って外を見れば、

〝ここだ！〟

この近辺で、常雄たちを乗せた観光バスが転落したのだ。

すると、

「おい」と瀬口が唐突に口を開いた。「ここらへんだろう、きみたちの家族が亡くなった場所は」

「……はい」裕香が頷いた。「あのガードレールを乗り越えて」

そうか、と瀬口はぶっきらぼうに言う。

「今は無理だが、帰りに立ち寄って冥福を祈ってあげるといい」

え、と裕香は瀬口を見ると、

「ありがとうございます！」

と言って、ハンドルを握り直した。

しかし——。

祈美子は、こめかみを押さえた。

先ほどの頭痛。

まだ、あの時の霊魂が海を彷徨っているのか。

自分たちに何かを訴えたい霊が、この辺りに存在しているのか。

祈美子は、白い波が打ち寄せてくる若狭湾を、じっと見つめた。

*

辺りは、ただ深閑としていた。

昼前だというのに、竹林と雑木林に囲まれたこの場所には、真夏の熱気は届かない。そして夜ともなれば、皓々と照る月の光だけが、古色蒼然たるお堂の屋根の上に降り注ぐだけだ。おそらくここでは、時間さえ流れない。

そう確信してもおかしくはないほど、この場所には生き物の気配一つない。小さなお堂を取り囲むように高く茂った雑草と、風に揺れる笹竹の葉擦れの音が聞こえてくるだけだった。

静謐で神聖な空間。

磯笛は、そう思う。

柔らかい暗黒。

心地良い冷徹。

穏やかな地獄。

素晴らしい空間だ。

薄暗い木の下闇の中、磯笛はギシギシ鳴る雨ざらしの回廊を、ゆっくり歩いた。

やがてお堂の入口に近づくと共に、上質な伽羅の香りが漂い始め、重々しく真言を唱える声が流れてきた。

「オン・キリクシュチリビキリ・タダノウウン・サラバシャトロダシャヤ・サタンバヤサタンバヤ・ソハタソハタソワカ――」

高村皇だ。

唱えているのは、大威徳明王の真言。

ということは……そろそろ決着をつけるつもりなのだろう。計画の総仕上げだ。

磯笛は一つ身震いすると、お堂の入口脇で、ぴたりと正座した。

相変わらず周囲は、木の葉や草が風に揺れるばかり。その涼やかな緑風が、磯笛の黒髪を揺らす。

やがて、

「――オン・シチュリ・キャラロハ・ウンケンソワカ！」

という声が響き渡ると、シュッ、と鋭い衣擦れの音が聞こえて、

「磯笛か」

高村の声が聞こえた。

「はっ」磯笛は、白い額が床につくかと思えるほど深く平伏する。「ここに」

「外の様子は、どうだ」

「はい」磯笛は頭を低くしたまま答える。「愚かな人間どもは、今回の件は、日本三景云々と騒いでおります」

「奴らに考え及ぶのは、所詮その程度か」

「到底、高村さまのお考えなど、計り知れぬでしょう」

そういう磯笛も、高村からこの計画の全貌を知らされた時、余りの壮大さに戦慄し

た。まさか高村が、そこまで考えていようとは、磯笛でさえも思いつかなかった。

　というより、この男でなければ、とてもこんな大それた計画は発想すらできず、ましてや実行など不可能だったろう。

だからこそ磯笛は、ためらうことなく自らの全てを高村に委ねる決心をしたのだ。

「それで」と磯笛は、恐る恐る尋ねた。「松島と天橋立は何者が？」

「松島は塞鬼に、天橋立は雷夜に任せた」

「塞鬼と、雷夜……」

陰鬱な男たちだ。磯笛は、好きではなかった。

「急ぐつもりはなかった」高村は言う。「しかし、ここまで邪魔が入っては仕方ない。一気に片をつけることにした。そのために、彼らに動いてもらったが、予想以上の働きをしてくれた。そこで雷夜には、もう一働きしてもらおうと思っている」

「では！」磯笛は、強い嫉妬を覚えながら訴えた。「東京は、ぜひ私めに」

「そのつもりだ」

ホッ、と胸に暖かいものを感じた磯笛に、高村は言う。

「神田明神を、頼む」

「ありがとうございますっ」磯笛は、更に深く平伏する。

しかし——。

「一つ、伺ってよろしいでしょうか」

「何だ」

「神田明神とは、また何故に」

するといと高村は、意外なことを口にした。

それを耳にした磯笛は、

「おお……」全身に鳥肌が立ち声を上げた。「それは、存じませんでした！」

「このような重要な事実も、殆ど知られていない」

呟くように告げる高村の背中に向かって、

「畏れ入ります」

磯笛は頭を下げた。そして、

「では、早速」

と答える。すると高村は尋ねた。

「吒枳尼と共に行くか」

「はい」

磯笛は、奈良・大神神社で、自らの命を吒枳尼天に捧げた。そして、死後の魂と引き替えに、現世に蘇らせてもらったのだ。それ以来、磯笛の体の中には吒枳尼天が棲みついている。

「しかし、充分に注意しろ。神田明神の結界は強い」

「平将門でしょうか」

「それ以外にもだ。心して行け」

「はっ」

「磯笛――」

高村は肩越しに、チラリと磯笛を見た。白く端正な横顔と筋の通った鼻が、お堂の暗がりに浮き上がった。

「何でございましょう」

尋ねる磯笛に、高村は静かに告げた。

「私はまだ、おまえを失いたくはない」

「え」

磯笛の全身を、熱い血が駆け巡る。

そして涙が、ドッとあふれた。

今の一言で、この命はいらない。

吒枳尼天にでも大黒天にでも、今すぐくれてやる――。

床についた両手の震えが止まらぬ磯笛に向かって、

「行け」高村は静かに命じた。「いよいよ、総仕上げだ。頼んだぞ」

「御意のままに」

磯笛は涙も拭わず立ち上がる。そして、胸の高まりを抑えつつ回廊を戻ると、その途中で庭の草むらに向かって声をかけた。

「朧夜(おぼろよ)、行くよ！」

その声に、ケン……という鳴き声が返り、磯笛の後ろを、純白の毛並みを持った一匹の女狐が続いた。

＊

彩音は急いで陽一を家の中へと引き入れる。

「どうしたの！　急に連絡が取れなくなっちゃったから、みんなで心配してたのよ」

「すみません」

硬い表情のまま謝る陽一に、彩音は言う。

「四宮先生も、見えているの」

「先生も？」

「摩季のこともあるし、それよりも、今この国が大変なことになってるっておっしゃって。とにかく、上がって」

彩音に促されて、

「はい」と陽一は答えた。「実は今朝、目黒不動で思い出したんです」

「目黒不動で？」

朝早くに目黒不動尊が炎上して、全員で駆けつけた。その事件が収まり、放火犯や殺人犯も逮捕された。

しかしその後から突然、陽一との連絡が途絶えてしまったのだ。

「あそこで思い出したって……何を？」

「ぼくがなくしていた、記憶の全てをです」

記憶……、と彩音は呟きながら、二人で廊下を歩く。

「もちろん私たちも、陽一くんに関しては殆ど知らないけど。気がついたら、そばにいてくれて」

「実は」陽一も、歩きながら言う。「彩音さんたちとお目にかかる前に、何度か了さんにお会いしていたんです」

「兄さんと？」彩音は驚く。「一体どこで」

「目黒不動尊です」

「えっ」

と彩音が怪訝そうな顔を見せた時、二人は居間へと入った。

「陽ちゃん！」

「ニャンゴ！」

巳雨とグリが、嬉しそうに出迎える。

「どうしたの、陽ちゃん。巳雨、向こうの世界に行っちゃったのかと思ったんだよ」

「心配させてゴメンね」陽一は巳雨の頭を撫で、白いリボンが揺れた。「今、説明するからね」

と言って、陽一は静かに話し始めた。

八年前――。

彩音たちの両親と同じく天橋立のツアーに申し込んでいた、父の俊夫(としお)と母の真美(まみ)と一緒に、陽一は京都にいた。ちょうど大学が休みだったこともあり、また神社関係の本を出すための取材を兼ねて、陽一も京都までやって来ていた。そして俊夫と真美は、潮田教授のツアーに参加するために、天橋立へと向かった。一方、陽一は京都市内を一人で取材した後、ビジネスホテルに泊まり、翌日帰京する計画を立てていた。

ところが、天橋立での事故。

それを知らされた陽一は、大慌てで天橋立へと急行し、両親が運び込まれた病院に駆けつけた。だが、母の真美は即死。父の俊夫も、ほぼ心肺停止状態だった。

包帯でぐるぐる巻きにされ、何本もの点滴のチューブに繋がれた父親にすがりつき泣き叫ぶ陽一に向かって、俊夫はうっすらと目を開くと、ようやく聞こえる小さな声で告げた。

〝潮田……殺され……〟

えっ、と彩音は尋ねる。

「潮田教授は、殺されたということ？　つまり、あれは事故ではなかったと」

「その一言だけで、父は絶命してしまいました」陽一は辛そうに言う。「だから、真意は分からないんですけれど……」

ただその当時から、あの事故は、ただの事故ではないのではないかという噂は立っていた。というのも潮田教授は、その過激な持論から、学界も含めて余りにも敵が多く、実際に何度も脅されたことがあるという経歴の持ち主だったからだ。

結局、その陰謀説はあくまでも噂だけで、最終的には事故として処理された。

狭い片道一車線の道で、センターラインを越えて突っ込んできた車と接触。驚いた運転手の、心不全。その結果、バスは低いガードレールを乗り越えて、海に転落——。

だが陽一は、俊夫の残した言葉を、じっと胸に仕舞っていた。当時はまだ、二十歳の大学生。たった一人で何ができるわけでもない。

少し落ち着いた頃、あの日携帯にかかってきた、俊夫からの電話を思い出した。

〝浦嶋神社を観て、宮司さんの話も聞いたぞ。とても面白かった。これから籠神社に向かう。そっちはどうだ？〟

そこで陽一は、こちらもなかなか収穫があったという話を伝えた。すると俊夫は、やはり東京からやって来ている「辻曲」という変わった名字の夫婦と仲良くなった。日本史に詳しそうな方なので、今夜じっくりお話ししようと思っている——。

「それが……」彩音は、目を細めて尋ねる。「父さんたちだったのね」

はい、と陽一は頷く。

「それでぼくは、事故の犠牲者名簿で、東京の辻曲という名前を調べて、その方たちの家族が中目黒に住んでいるという情報を入手したんです。そこで早速、こちらまでやって来て、了さんとお会いした」

「知らなかったわ……」

「特に、誰にも口外しなかったんでしょう」

「巳雨も、知らなかった」

「巳雨ちゃんは」陽一は微笑む。「その時は、まだ三歳だったからね」

「ニャンゴ」

「グリちゃんは、この世に戻って来ていなかったじゃないか」

それで、と彩音は訊く。

「兄さんは、何と？」

「そういう話なら、京都府警に再捜査を頼もうと。でも、すでに決着してしまっている事案なので、よほどの新しい事実が発見されないと、捜査は進展しない。なので──敬二郎さんたちと、コンタクトを取ってみる、と」

「降霊術……」

「そうです」

「でも、どうやって？　巫女も口寄せもいなかったはず。私もその当時は、殆ど何もできなかった」

「了さんは、実は敬二郎さんたちもコンタクトを取りたがっているんだとおっしゃいました。テレビやパソコンの画面が乱れたり、室内灯が点滅したり、小さな家具が急に倒れたりするんだ、と。これは間違いなく霊障。しかも、敬二郎さんたちだ、と」

「四宮先生には？」

「もちろん、相談されたようです。すると先生も、そんな状況ならば、成功の確率は低いかも知れないけど、やってみる価値はあるんじゃないかとおっしゃったそうです。新しい世界が開ける、と」

「それで、目黒不動尊に？」

はい、と陽一は頷く。

「あそこには、物凄いパワーが満ち溢れています。しかも、今朝行って来た本堂裏手の大日如来像の、そのまた裏手にある地主神。そこが、目黒不動尊の本質だと敬二郎さんが言っていたと。だから、そこで術式を行ってみよう、と」

「それで兄さんは、しょっちゅうあの場所に出かけていたというわけ」

「当時、彩音さんは高校生でしたから、了さんも気を遣って内緒にしていたんでしょうね」

「摩季姉ちゃんも」巳雨が尋ねる。「小学生だったんだね。今の巳雨より小さかったんだ」

「あ、ああ……」陽一は、微妙な返答をする。「そういうことだね。でも……今は、そっちの話は後回し」

そして、

「しかし」と陽一は、再び真剣な顔つきに戻った。「その時、ふと思ったんです」

「何を？」

「父の遺言——ともいえない、最期の言葉を。ぼくも最初は『潮田教授は、殺された』という意味だと受け取りました。でも、改めて冷静に考えてみると、あんな状況で、わざわざそんなことを口にするものなのかな、と。多分警察は、事故と事件の両面から捜査するはずだ。それに、潮田教授が殺されたのならば、自分たちも殺人事件の被害者なんですから『自分たちは、殺された』と言い残すのが自然ではないか」

「確かに、そうね」彩音は首を捻る。「ただ、最期の瞬間だったでしょうから、意識が朦朧（もうろう）としていたということもある」

「もちろんそうです。錯乱していたかも知れない。でも、ちょっとおかしいんじゃないか、と」

「というと？」

「おそらく父はぼくに『潮田教授に、殺された』あるいは、『潮田教授が（運転手を）殺した』――と言い残したかった」

「まさか！」

「でも実際に、こんな事件が起こったというのに、潮田教授関係者からは、それほど激しい追及や情報開示請求は出ていません。潮田教授は独身で、身内の方もいなかったと聞いていますが、少なくとも関係者はいたはずです。だから、もしかすると周りの人間は、ある程度知っていたのかも……」

「でも！　全く無関係な人まで巻き込むなんて」

「決して、全く無関係ではないんです」

「え」

「全員が潮田教授の『同志』だった。同じような目的を持った人たちだったんです」

「そんな……」

「第一、あのツアー自体にも不審な点が幾つもあります。どういう基準か分からないけれど、ダイレクトメールで企画を知らせて、参加者を募った。そして応募時には、かなり個人的な情報まで伝えさせられたようです。そして、抽選で参加者を決めた。それらを全てひっくるめた上で、潮田教授のツアーだからといって参加している」

「それくらい、潮田教授に対する思い入れが強い人たちが集められたというわけね。そこまで熱心でない人たちは、最初から申し込まない……」

「そういうことです」

　でも、と彩音は眉根を寄せる。

「そうなると、参加者全員を殺害した動機は何？　自分の説に同調してくれている人たちを殺すなんて」

「ここからは、あくまでもぼくの想像なんですけど」

　と断って、陽一は続ける。

「ひょっとすると潮田教授は、自分の説がかなり危ないことに気がついてしまった。そこで、自分の説に同調してくれている人々共々、自殺しようと計画した」

「そんな極端な！」

「いえ。もともと極端な説を唱えていた孤高の人でしたからね。そもそも、そういう人がツアーを主催することがおかしい」

「だからこそ、父さんたちは驚いて、参加を決めた」

そういうことです、と陽一は頷く。

「そして、もしも教授が、このままでは日本のためにもならないと思っていたとしたら、充分に考えられます」

「日本のためにならないって！　どういうこと？」

「そこまでは、分かりません」陽一は首を振る。「たとえば、この国の根幹を揺るがしてしまうことになるとか……」

「ひっくり返っちゃうの？」巳雨が叫んだ。「さっきも、ばあちゃん先生が、そんなこと言ってたよ！」

えっ、と陽一は巳雨を見た。

「四宮先生が？」

「うん。このままじゃ、日本が危ないって」

「そう……」

陽一は頷いたが、その横でふと彩音は思い出す。

一昨日、嚴島神社で聞いた、高村皇の声。

〝……今まで一度たりとも、この国を壊そうなどと考えたことはない……〟

そして、今朝の目黒不動尊での磯笛。

〝高村さまが、おっしゃったでしょう。この日本を、あるべき姿の日本に戻すと。きちんと神を祀り、人々がお互いを敬い、自然や怨霊と共に暮らす国にする〟

どういうことなの……。

彩音は、混乱しながらも、

「それで」と尋ねた。「それから陽一くんは、どうしたの？」

「しばらく経ってから気がついたので、了さんに伝えようと思ったんです。だから、目黒不動尊で待ち合わせました。しかし――」

陽一は、顔を曇らせた。

「その夜、ぼくは殺されてしまったんです」

「ああ……そういうことだったのね」

彩音は納得した。

それでなおさら了は、陽一の話を彩音たちに伝え辛くなってしまったのだ。

おそらく陽一は、了の目の前で殺害されてしまったから。

そう――。

陽一は、すでにこの世の人間ではなくなっていた。ただ、一般の人の目には見えないが、そこに存在しているという、いわゆる「ヌリカベ」となったのである。

但し「塗り壁」というと『稲生物語』や、水木しげるのマンガに登場する「ぬりかべ」のように、本当の壁のようなイメージが定着してしまっている。しかし本来は、柳田國男の『妖怪談義』に登場する、人の前に立ちはだかって、その行く手を塞ぐ、目に見えない妖怪——つまり、陽一のような存在なのである。これは、徳島県の「衝立狸」や、高知県の「野襖」や、長崎県の「塗り坊」なども同じ仲間だ。

ゆえに陽一の体は、触れればその存在を感じるが、彩音たちや雛子のように霊感が異常に強い人間以外の目には見えない。

「おそらく最初から」彩音は言った。「陽一くんには、そういう物の怪になる素養があったのね。それはおそらく、私たちもそうだと思うし、祈美子さんの家のような『憑き物筋』の人たちも」

「しかも」陽一も認めた。「何しろ目黒不動尊の結界の中でしたし、そこに了さんや、亡くなったご両親の念も存在していた」

「それらがたまたま重なって、陽一くんをヌリカベにしてしまった」

それと、と陽一はつけ加えた。

「ぼくを殺した人間の、霊的な力も加わったんだと思います」

「えっ。ということは——」

「犯人も、普通の人間ではなかったんでしょう。とても大きな霊力を感じました」

「高村皇たちかしら！」

「本人ではなかったとしても、部下だったかも知れません」

「ということは、八年前の天橋立の事件にも、彼らが絡んでいた？」

「その可能性は、充分にあります。ただ、ぼくも犯人の顔を見ていないですし、そのまま記憶がなくなってしまったので」

その数日後に、目黒不動尊で了と再会したのだという。そして少しずつ話を聞いて、徐々に自分の置かれている立場を理解した。幸いにも、彩音や巳雨たちには陽一の姿も見え、コンタクトも取れたので、陽一は辻曲家と懇意になった。

「そういうことなのね……」

彩音は、大きく嘆息した。

「でも、とにかく今は、こうして陽一くんとも話ができるし、色々と頼らせてもらってる。あと、記憶を全て取り戻せたと言ったけど、じゃあ……摩季のことも？」

その質問に陽一は、黙ったままコクリと頷いた。それを見た巳雨が、

「摩季姉ちゃんが、どうかしたの？」と尋ねる。「何かあったの」

「それは」と彩音は微笑む。「摩季が、きちんと戻って来たらお話しするわ。それまで、ちょっと待っていてね。とにかく今は、摩季に蘇ってもらうこと。そして、この日本の状態をどうにかしなくちゃ」

「……分かった」

大きく頷いた巳雨を見て、彩音と陽一は微笑んだ。この話は後でいい。

摩季が本当は陽一の妹で、もともと親戚もいなかった上に、両親も兄も失ってしまった摩季を、辻曲家の養女に迎えたなどという話は——。

それで、と彩音は陽一に言った。

「この事件、陽一くんはどう感じてる？」

「首謀者は、高村皇たちで間違いないでしょう。でも、少しだけ引っかかるんです」

「それは、どこ？」

「テレビのニュースなどでは、日本三景が壊れていますなどというように報道していますけど、ぼくはただそれだけだとは思えません」

「実は、さっき佐助さんが見えたの、そして——」

と言って彩音は、先ほどの佐助の話を伝えた。

日本三景というのは軍港を表しており、重要な軍事拠点だった。そして、三ヵ所は一直線に繋がっている——。

「ああ、それは凄いです！」陽一も、地図を見て目を輝かせた。「しかし……果たして、それだけでしょうか」

「というと？」

「ええ。それなら東京は無関係なんですから、あえて神田明神の鳥居を倒す必要はないでしょう」

　そうね、と彩音も小さく頷いた。

「私も、そう思った。特に、神田明神は、江戸総鎮守府ですものね。つまり彼らは、東京も狙っている」

「多分、高村皇たちは日本全体を視野に入れているんでしょう」

「ニャンゴ！」

「そうだね」陽一は、真面目な顔でグリを見た。「その通りだ」

　そして、彩音と巳雨に言う。

「今からすぐに、火地晋(かちすすむ)さんの所に行って来ます」

「えっ」彩音は驚く。「大丈夫なの？　だっていつもあんなに――」

「今回は、状況が違います。何があっても、火地さんのお話を聞いてきます」

　火地晋――。

　この老人、いや老幽霊は、新宿の裏通りのレトロな喫茶店「猫柳(ねこやなぎ)珈琲店」に棲みついている、頑固(がんこ)一徹(いってつ)な地縛霊(じばくれい)だ。

　火地は、年を経た幽霊だけあって、日本の歴史に関しての驚異的な記憶力と、自分独自の見解を持っている。そのため、今まで何度も陽一や彩音たちが相談に行き、そして毎回、全く想像もしていなかったような知識を伝授してもらい、何とか間一髪の所で高村皇や磯笛たちに何とか対抗してきた。

火地は、世間一般に知られていないような歴史の真実や、この世に現れた怨霊たちが、一体何に対して怒り、悲しみ、慟哭（どうこく）しているのか、それを知っているのである。だから今回のことも、火地に尋ねれば、おそらく何かしらのアドバイスをもらえ、対処できる可能性はある。

ただ、ここが問題なのだが——。

火地は、非常に偏屈で剛直で融通の利かない老幽霊なので、こちらがきちんと勉強もせずに尋ねようものなら、

「バカか」

の一言しか返ってこない。何しろ彼の口癖は、

「時間は有限、問題は無限」そして「生きている人間の世の出来事なんぞに興味はない」というものなのだ。だから、同じあの世の仲間ではあるものの、陽一は非常に苦手にしていた。しかし、

「ぐずぐずしていられません」意を決したように、陽一は言った。「今からすぐに」

「お願い」彩音は手を合わせる。「そしてすぐに、分かったことを知らせて。陽一くんとのチャンネルは、全開にしておく」

「ニャンゴ」

「たすけのじいちゃんとの連絡は、グリが取ってくれるって」巳雨も言った。「あと、おじいさん幽霊さんにも、よーく頼んでおくよ。陽ちゃんをいじめないでって」

「ありがとう」陽一は笑った。「じゃあ、行ってきます」

6

大分県、宇佐市。

宇佐神宮社務所奥に設けられている職員専用の休憩室で、亀山慎也は昼食を摂っていた。慎也は二十三歳の若い社務員で、独り暮らし。今のところ、特定の彼女もいないから、今日もコンビニの焼肉弁当だった。

それを口に運びながら、この神社の由緒書きに目を通す。まだまだ色々と覚えなくてはならないことが多い。神職と違って社務員だから「良く分かりません」と言ってすませてしまうこともできるのだが、それは余りに悲しい。こう見えても、意外と真面目な若者なのだ――などと自分を鼓舞しながら、慎也は資料の文字を追う。

といっても、決して嫌々ながら勉強しているわけではない。何しろ宇佐神宮は、豊前国一の宮。慎也も幼い頃から両親共に何度も訪れ、初詣は毎年この神社だった。

そして縁があって、こうして社務員になっている。だから、頑張らなくては！

慎也は口をもぐもぐさせながら、由緒を読む。

「当神宮は全国に四万社あまりある八幡宮の総本宮であります。

神代に比売大神が馬城の峰（大元山）に御降臨になった宇佐の地に、欽明天皇三十二年（五七一）応神天皇の御神霊が初めて八幡大神としてあらわれ、宇佐の各地を御巡幸ののち神亀二年（七二五）に亀山の一之御殿に御鎮座になりました。
また天平三年（七三一）比売大神を二之御殿にお迎えし、のち弘仁十四年（八二三）神託により神功皇后が三之御殿に御鎮祭されました。
皇室は我が国鎮護の大社として御崇敬篤く、特に八幡大神が東大寺大仏建立援助のため神輿にて上洛されたこと、また和気清麿公が天皇即位にかかわる神託を授かった故事などは有名であり、伊勢の神宮に次ぐ宗廟、我が朝の太祖として勅祭社に列せられております。
御祭神。一之御殿・八幡大神。御名・誉田別尊（応神天皇）
二之御殿・比売大神。御名・三女神（市杵嶋姫命・多岐津姫命・多紀理姫命）
三之御殿・神功皇后。御名・息長帯姫命」

とある。
ここまで読んだだけでも凄い話に思えるが、しかもこの八幡大神は、母である神功皇后の「胎内にあって」新羅を討ったといわれているのだ。

まさに「神」ではないか。

ちなみに、由緒にある「東大寺大仏建立援助」というのは、こういう話だ。

「当初から困難を窮めた、聖武天皇東大寺大仏建立の際に、八幡神が八百万の神を率いて建立を成功させるという神託をもたらし、天皇を喜ばせた。というのも宇佐は、豊富な銅と高い鋳造技術を持っていたからである。その後、御神託の通り、大量の黄金が陸奥国からもたらされた。その結果、天平勝宝元年（七四九）に大仏は完成し、その折には、八幡神が御輿に乗って上京。八幡神に一品、比売大神に二品の品位が与えられた」

――というわけだ。

また「和気清麻呂」云々というのは、いわゆる「弓削道鏡神託事件」であり、「神護景雲三年五月（七六九）大宰主神中臣習宜阿曾麻呂が『道鏡を皇位に即しめば、天下太平ならん』という八幡神の御神託があったと奏上した。そのため、道鏡を篤く信頼していた称徳天皇は非常に喜び、その真意を質すべく和気清麻呂が宇佐へ遣わされた。ところが、神託を受けた清麻呂は、朝廷へと戻ると『無道の者はよろしく掃除すべし』と奏上してしまう。そのために称徳天皇の意向は叶わず、激しい怒りを買った清麻呂は『別部穢麻呂』と改名させられて、足の筋を切られて大隅に流された。しかし道鏡失脚後、清麻呂は光仁天皇の御代に召還され、本位に戻された」

——というのである。

そして、これらのエピソードは、宇佐に関係している人間であれば、誰でもが知っている。しかし、これは今ここに存在している宇佐神宮に関する話であって、祭神に関する話となると、もっと時代を遡る。

主祭神のうち、応神天皇や神功皇后はまだ良いとしても、問題はもう一柱の、比売大神だ。

慎也は、由緒を読み進める。

「この豊前国宇佐の地は、神代より筑紫の菟狭（うさ）の国の中心であったところで、畿内や出雲と同様に早くから開けた。

『日本書紀』によれば、神宮の二之御殿に奉祀されている比売大神が、天孫降臨のときに天降られたのが、この筑紫の宇佐嶋であったと伝えている。そしてこの宇佐嶋というのは、奥宮の大元山、あるいは本宮のある、亀山ともいわれている。

また、神武天皇が御東遷のとき、宇佐の国造（くにのみやつこ）である菟狭津彦（うさつひこ）は皇軍をお迎えして、一柱騰宮（あしひとつあがりのみや）を造り、大御饗（おおみあえ）を催した」

それで……。

と慎也は、箸をくわえながら手元の資料をめくる。

この比売大神は「宗像三女神」のことであり、何と、この女神たちは天照大神と素戔嗚尊との間にお生まれになった御子神なのだ。

その神々が、ここ宇佐に降臨された。

その辺りの話は『日本書紀』「神代上　第六段」にも、

「即ち日神の生れませる三の女神を以ては、葦原中国の宇佐嶋に降り居さしむ」
と、はっきり書かれているのだ！

それを、地元の国造が祀り、神武東遷の際には神武天皇に協力したのだという。その話は「神武天皇即位前紀」、

「菟狭は地の名なり。此をば宇佐と云ふ。時に菟狭国造の祖有り。号けて菟狭津彦・菟狭津媛と曰ふ。乃ち菟狭の川上にして、一柱騰宮を造りて饗奉る。一柱騰宮、此をば阿斯毗苔徒鞅餓離能宮と云ふ」

とある――。

これはすごいよ、と慎也は思う。

学校での歴史の勉強には何の興味も湧かなかったが、こうして自分が実際に関わりあってみると、異常にリアリティを感じる。いやとにかくこの地に、あの神武天皇が実際にいらっしゃったというのだから！

ただ――。

先ほどの比売大神に関しては、よく分からないのだ。この女神は「宗像三女神」

で、しかし実際は、市杵嶋姫命一柱であるともいわれ、市杵嶋姫は弁才天と同体で、又の名を「道主貴」……などとなってくると、かなり込み入ってきてしまう。

しかもその上、この宇佐の地ではもともと、月読命という神を祖神として信奉していたというのだから、更にこんがらがってくる。

ちなみに、この月読命という神は、国生みの神である伊弉諾尊が筑紫の国で禊ぎをされた際に、天照大神、素戔嗚尊と共にお生まれになった神だから、その二柱の神を親神とする市杵嶋姫命とは、何となく繋がっているようにも感じるが……。

慎也は、煮物を口に放り込みながら考える。

まあ、いいか。

何しろ、神代の話だ。どこかでゴチャゴチャになっているのも仕方ないだろう。それに、その土地その土地で、色々な伝説や風習があったのだから、時代が下るにつれて益々ごちゃ混ぜになっても仕方ない。

そうだ。

あと、風習といえば、全国の神社とは少し違った宇佐神宮独特の習慣もある。それは、参拝方法だ。

ここ宇佐では他の神社とは異なって「二礼、四拍手、一礼」なのだ。

現在、日本全国の神社では「二礼、二拍手、一礼」という形式を取っている。この形式に当てはまらない参拝方法の神社は、慎也の知る限りではたった四社。三重県の伊勢神宮と、島根県の出雲大社と、新潟県の弥彦（やひこ）神社、そしてここ宇佐神宮だけだ。

伊勢神宮では「四礼、八拍手、一礼」。

出雲大社と弥彦神社は「二礼、四拍手、一礼」が、正式な参拝方法とされている。

実は昔、慎也もちょっと気になって、主祭神に何か理由があるのかと思い、各神社を調べてみたことがある。

すると、

伊勢神宮：天照大神・豊受大神
出雲大社：大国主命
弥彦神社：天香語山命（あまのかごやまのみこと）
宇佐神宮：八幡大神・比売大神・神功皇后

となって、特に共通するところがなかった。だがしかし、慎也には分からないだけで、何か通じている点があるのだろうか？

また、この「四拍手」に関しては、「死」を表しているのだという余りありがたくない説もあると聞く。しかし神職たちからは、この四拍手は「幸せ——四合（しあ）わせ」を表しているのだと聞かされている。

そうだ。おそらく、そちらの方が正しい。なぜならば宇佐の神々は、常に自分たちに幸せをもたらしてくれているのだから。

慎也は、最後に残った白飯をパクリと口に入れると「ごちそうさま」と呟いて、綺麗に空いた弁当の入れ物を片づける。そして、お茶でも淹れようと立ち上がった時、
グラリ……。

と大地が揺れた気がした。

地震か？

慎也は咄嗟に身構えたが、一度揺れただけで、もう何もない。勘違いだったのか。あるいは、食後にいきなり立ち上がったための、目眩だったのか。

それとも、馴れない勉強をしすぎたか。

慎也は笑いながら、湯呑みに手を伸ばした。

そういえば最近、何やら「日本三景」に関連している神社が、立て続けに大きな災難に見舞われているという。

松島湾では大火災が発生し、鹽竈神社も竜巻に襲われて壊れてしまったらしい。また、天橋立は水没し、日本有数の歴史を誇る籠神社と真名井神社も炎上した。そして一、二日前には、嚴島神社の大鳥居も倒壊しかけ、未だに地震が続いているという。

特に嚴島神社は、宇佐神宮と同じく市杵嶋姫命を主祭神として祀っている社だ。とても、他人事とは思えない。

と思っていると、またしても、
グラリ……。

地面が揺らいだような気がした。

しかし、やはり一度だけで、しばらく経っても何もない。

〝気のせい、気のせい〟

自分にそう言い聞かせながら、慎也は湯呑みにお茶を注いで一口飲むと、大きく伸びをした。

さあ、午後の仕事が始まる。

*

陽一は、正面の壁一面が緑の蔦(つた)に覆い尽くされている「猫柳珈琲店」の前に立っていた。いつもは不審がられないように、ここで少し様子を見て、誰かの出入りと同時に中に入って行くのだが、今日はそんな悠長なことをしている時間はない。ドアを開けて堂々と店内に入った。

案の定、人の出入りがなかった——見えなかったにもかかわらずドアが開閉したことに気づいた店員が、不思議そうに入口を眺めていたが、陽一は構わず奥へと進む。

店内は、昭和の初めの頃のままの造りで、低い天井と狭い通路、パーティション代わりの大きな観葉植物が、あちらこちらに置かれている。しかも、中二階にもフロアがあるため、まるで迷路のように入り組んだ構造になっている。注文された品を、よく店員が間違えずに客席まで届けられるものだと、いつも来る度に感心してしまう。

陽一は、重々しくマーラーが流れるフロアを、ずいずい進む。

やがて店の行き止まり、一年中「Reserved——予約席」と書かれたプレートが置かれているテーブルが見えてきた。

もちろんそこには今日も、火地晋が腰を下ろしていた。

骨張った顔に降りかかるザンバラの白髪。その間から、大きな目だけがギョロリと覗いている。晩年の川端康成(かわばたやすなり)を、更に痩せこけさせたような形相だ。そして、握ればポキリと折れてしまいそうな細い指に、その倍ほどもありそうな骨董品並みの万年筆をつかみ、両切りのショートピースをくわえながら、カリカリと一心に原稿用紙のマス目を埋めている。地縛霊であるから、やはり一種の怨霊なのだろうが、まさに鬼気迫る雰囲気を周囲に漂わせていた。

陽一は、一つ深呼吸すると火地の前に立つ。そして、

「こんにちは……」

と声をかける。すると、テーブル奥の扉をすり抜けて、

「あなた！」と、女性の幽霊が飛び出して来た。「また、大変なことになっているみたいじゃないの」

彼女は、このコーヒー店の先代の奥さんだった、猫柳伶子(れいこ)だ。何年か前に、交通事故で他界してしまったのだが、こうして今も毎日、火地にコーヒーを運んでいる。

「やはり、ご存知でしたか」陽一は、力強い味方を得た気持ちになって叫んだ。「そうなんです！　ですから、ここはぜひ火地さんにお話を——」

すると火地は、

「遅いわいっ」と言って、煙草を灰皿に押しつけた。「どこで何をしておったんじゃ」

やはり、いきなり怒られた。

「す、すみません！」

と反射的に大声で謝ってから、陽一は火地を見た。

「あ、あの……遅いというと？」

「もっと早く来いということじゃ。つまらん用事の時ばかり、ひょこひょこ現れおって、こんな重大な時に、なかなか来んとは」

「は……」

啞然とする陽一を見て、伶子は言う。

「かなり危ないみたいよ。このままだと、この国が本当になくなっちゃうかも知れないって、みんな噂してるわ。運良く残ったとしても、人間たちの住める場所が、少なくとも今の三分の一、いえ四分の一になってしまうんじゃないかって」

「それほどまでに！」

「私たちも、二度とこの国には復活できないかも知れないわね」

「でも、もしもそうなったら」と陽一は視線を移す。「地縛霊の火地さんは？」

わしか、と火地は普段より一層苦々しい顔つきで答える。

「この場所から一直線に落ちて、そのまま地獄行きじゃ」

「地獄へ！」

「いや、わしもこんな身じゃから地獄行きでも構わんが、書きかけの歴史本を書けなくなるのが困る」

「あと」と伶子が笑う。「コーヒーと煙草も、ですね」

そういうことじゃ、と火地は素直に頷いた。

「気ままに生きておる現代の人間には想像もできないだろうが、自分で自由に使える時間を奪われてしまうことほど、悲しく辛いことはないからな。しかし、それも間近に迫ってきておる。この国は、太古の日本に逆戻りじゃわい」

「太古の日本……」

「千年も千五百年も前の日本じゃ。まさに、黎明期のな」

陽一は、ゴクリと息を呑んだ。

似たような言葉を耳にした。

日本を、あるべき姿に戻す――。

それは、高村皇の言葉ではなかったか。

また、磯笛も同じようなことを言っていたのでは？

もしかして。

しかし！

彼らの目的は、そこだったのか。

そうだとしても、何故そんなことを。

いや、一体どうやって。

まさかそれが、日本三景を壊す意味――？

そんな質問を火地にぶつけてみると、大きな溜息と共に、

「そこに座れ」

と言われたので、陽一はあわてて火地の前に腰を下ろす。今までならば「誰が座って良いと言った」と叱られてしまうのだが、今回だけは例外らしい。それくらい、状

況が逼迫しているということなのか――。

　すると火地は、

「あんたは、日本三景に関して知っているのか？」

　と尋ねてきた。

　そこで陽一は「はい」と答えて、先ほどの彩音との会話を口にした。

　三ヵ所は、ただ単なる景勝地・観光地などではなく、日本地図上で一直線に並ぶ軍事基地であり、重要な港である――。

「そこまでか」と火地は、伶子が運んできたコーヒーを一口飲んだ。「それじゃあ、どんな怨霊も抑えられんな」

「……といいますと？」

「日本三景は」

　火地は、くわえたショートピースに火を点けて、プカリと煙を吐く。

「確かに、今あんたが言ったような側面を持っておる。宮元健次なども、松島は『ごつごつとした岩場で暗礁も多く、外来者にとって航行がきわめて困難な天然の要害であった。そこで古代における多賀城の軍港として機能したという』と書いておる」

「多賀城には」と陽一も頷く。「その当時、蝦夷征討の軍事拠点である鎮守府が置かれていましたから」

「そうじゃ。そして嚴島に関しては『平清盛が宮島に拠点を置いて嚴島神社を再建したのも、国防の観点からみれば当然のことであった』とあるし、またここで、毛利元就と陶晴賢の『「嚴島合戦」が起こったのも、この地が軍事的拠点であることを物語っている。ちなみに明治以降も、敗戦まで宮島は旧陸軍の管理によっていた』とな」

「昭和になって、戦艦大和が建造されたのが広島だったのも、偶然ではないということですね。でも、丹後は？」

「この御仁によれば『丹後周辺では、小規模の家長クラスの古墳ですら必ず鉄剣が出土し（中略）このことから、天橋立周辺には軍事集団が存在していたと考えられている』ということじゃ。もちろん、塩竈も宮島も産鉄地じゃ。竈はそのまま『鉄』を表しておるし、宮島にはその名も、多々良潟という浜がある。もちろんこれは『踏鞴』からきておる。また、籠神社ではこんなことも言っておる。

『彦火明命は、製鉄神や鏡作りの神としての一面も強く持っていますが、鉄穴流しという原始的な製鉄で、土砂を選別して川下から鉄砂を掬いあげるのに、藤蔓で編んだ筵を使用したといわれ、上賀茂神社の御生れ神事で、ミアレ所に取りかける「おすず」というものが、藤蔓の皮でできている事が指摘されています』

とな。ゆえに籠神社の御神幸では、藤の花を髪にかざすのだ、と」

「ああ……」

納得する陽一に向かって、火地は続けた。

「そして、これらのことを踏まえた上で重要なのは、それぞれの祭神じゃ。各神社の主祭神は、知っておるだろうな」

はい、と陽一は首肯する。

「松島の鹽竈神社の主祭神は、鹽土老翁神、建御雷神、経津主神です。そして、同じ境内に建っている志波彦神社の主祭神は、志波彦大神という謎の神です」

「謎でも何でもないわい。その名前の通りの神じゃ」

「え？」

「まあ、それは後でいい。では、嚴島神社は？」

「もちろん、主祭神は市杵嶋姫命、田心姫命、湍津姫命の宗像三女神。そして弥山の奥宮・御山神社は、市杵嶋姫命です」

「大怨霊じゃな」

「はい」

陽一は頷いた。これは以前、嚴島神社の事件の時に火地から良く聞かされた。

市杵嶋姫命は、『日本書紀』によれば「天孫の為に所祭」という朝廷の命令によって、宮島に「居着かされた」女神であり、また神の一夜妻の役目も担わされていた「宇迦之御魂大神」。つまり、悲しく薄幸な怨霊なのだと。

「天橋立の籠神社は？」

「主祭神は、彦火明命と、豊受大神。そして市杵嶋姫命と、珍彦です。この珍彦は、別名を――」

と言って、陽一は一度息を呑んだ。

「鹽土老翁神！」

「その通りじゃ」

「うず彦って……」怜子が尋ねる。「どんな神様なんですか？」

ああ、と火地は答える。

「『日本書紀』によれば、神武天皇が九州を出発し、速吸門、つまり豊予海峡に到着した時に、舟に乗ってやって来て海上の案内をした海人だという。そこで、椎根津彦という名を賜ったとな」

「しいねつ彦、ですか」

「これも後で説明するが――」と言って、火地はプカリと煙を吐く。「『古事記』では、亀の甲に乗って明石海峡に現れ『私は国つ神である』と名乗り、やはり海道を案内して、槁根津日子の名を賜ったという。籠神社の宮司・海部氏の家に伝わる『勘注系図』の前段によれば、珍彦は火明命の孫、宇豆彦命として載っておる」

「そうなんですね……」と怜子は頷いた。そして、

「何故なんでしょうね」首を捻る。「今回のどこの神社も、同じような主祭神で」

　ちなみに、と火地はプカリと煙を吐いた。

「籠神社奥宮の、真名井神社の祭神は、豊受大神。つまり、稲荷神とも、宇迦之御魂大神ともいわれとる。みんな誰もが大怨霊じゃ」

「大怨霊！」

「籠神社に関して言えば――」

　と火地は続ける。

「今も言ったように、海部氏に代々伝わっている『海部氏系図』と『勘注系図』がある。それぞれ、始祖の彦火明命から始まって、当主だけでなく兄弟姉妹にも言及され、特に『勘注系図』には詳しい注記が附されとる。まず『海部氏系図』によれば、

奥宮　真名井神社
　磐座主座（上宮）　豊受大神
　亦名、天御中主神・国常立尊、その御顕現の神を倉稲魂命（稲荷大神）と申す。
本宮（下社）　籠神社
（別称　籠宮大社・元伊勢大神宮・伊勢根本・丹後一宮・一の宮大神宮・内宮元宮・元津宮）

主神　彦火明命
亦名、天火明命・天照御魂神・天照国照彦火明命・饒速日命、又極秘伝に依れば、同命は山城の賀茂別雷神と異名同神であり、その御祖の大神（下鴨）も併せ祭られているとも伝えられる。
彦火明命は天孫として、天祖から息津鏡・辺津鏡を賜り、大和国及丹後・丹波地方に降臨されて、これらの地方を開発せられ、丹波国造の祖神であらせられる。

そして『勘注系図』は、

始祖彦火明命
亦名天火明命亦名天照国照彦火明命亦名天明火明命亦名天照御魂命。（中略）
爾に火明命佐手依姫命を娶りて穂屋姫命を生みます。佐手依姫命は亦名市杵嶋姫命。
（中略）
彦火明命の又の名は饒速日命、亦名神饒速日命、亦の名は天照国照彦天火明櫛玉饒速日命（後略）

ということじゃ」

火地は、よどみなく言った。普通の人間ではなく、幽霊であるにしても、凄い記憶力だ。いや、幽霊だから可能なのか。

感心する陽一の前で、火地は更に続けた。

「『丹後國一宮深秘』も言っておこうかの。伊勢神宮に関わってくる記述じゃ。

『人王十代の崇神天皇の御宇に、天照大神與謝宮に幸す。

（中略）其の時此の神を豊受大神宮と號す。豊者は國常立尊、受者は天照大神なり。

両宮の御名なり。然りと雖も伊勢に於いては、天照大神（内宮・胎蔵）・豊受（外宮・金剛）を両大神宮と云ふ。伊勢國御鎮座以前は、丹後國一社に雙住し給へり。されば伊勢の根本は丹後一宮與佐社なり。

慈覚大師秘記に云ふ（中略）豊受皇大神宮は荒魂と號す』――」

「荒魂……。つまり、大怨霊ということですね」

「そういうことじゃ。また、こういう書物もあるぞ。『籠大明神縁起秘傳』じゃな。

『夫れ當社籠大明神は、即ち豊受大神なり。（中略）

人王十代崇神天皇の御宇、天照大神與謝宮に幸す。與謝宮は即ち是籠大明神なり。

其の時與謝宮を豊受大神宮と號く。豊とは即ち國常立尊、受とは即ち天照大神なりと。両宮の神其の中に在り。然りと雖も伊勢國に於ては、之を分ちて内宮と外宮の両大神宮と為す。丹後國に於ては一社にて、両宮の御鎮座なり。

内宮は天照大神にして、地神第一の神なり。

外宮は國常立尊にして、天神第一の神なり』——。

先ほどの『深秘』と、ほぼ同じじゃな。実際に籠神社の社殿は、伊勢神宮と同じ唯一神明造り。そして、鰹木（かつおぎ）の数も伊勢と同じく十本で、他の神社では見られないほどの多さじゃ。そして、これも他の神社にはないが、高欄の上には五色の座玉（すえたま）、つまり『五行』を表している、黒・青・黄・赤・白の玉が飾られておる。これらは『伊勢神宮と同じ社格を表している』のだという」

「元伊勢、という名称そのままですね」

「事実、『倭姫命世記（やまとひめのみことせいき）』によれば、籠神社の豊受大神は、雄略天皇二十二年に伊勢国度会（わたらい）郡の山田原に遷るまで、吉佐宮、つまり現在の真名井神社の地にいらっしゃったと言われておるからな」

「そういった色々なことが、海部氏に伝わる二つの系図で確認できるわけですね」

そうじゃ、と火地は頷いた。

「だからこそ『この二つの系図は、ともに代々、籠神社、海部宮司家に秘蔵され、世間に公表されることはなかった。それは、この系図により万世一系といわれていた天皇家と海部氏が、同じ祖先であり、親戚関係になることが明らかになることによって、心ない世間の圧力をおそれたためであろう』といわれとる」

「確かに」陽一も納得する。「それだけ古い歴史を持っていれば、天皇家が絡んでいてもおかしくはないでしょうし、産鉄地としても栄えていたでしょうね」

「ゆえに、伴（ばん）とし子も、こう書いておる。

『日本海側を「裏日本」という表現をされたことがあるが、この言葉は、明治二十八年（一八九五）ころから言われ始めた言葉で、それから、明治三十三年（一九〇〇）に「後進」、後（おく）れているところと言われたのであるが、この長い歴史の中で、古代から先進的地域であったのは、むしろこの日本海沿岸の方である。渡来の先進文化は、この地にいち早くたどり着き、それが、古代日本を動かしてきたのである。このことは、たくさんの遺跡群や遺物が教えてくれている』

のだとな。間違いなく、丹後国には一大王国が存在していたはずじゃ。それを朝廷は、無理矢理に略奪した。だから、怨霊たちが跋扈（ばっこ）するようになったのじゃ」

　そういうことです、と陽一は首肯する。しかし、

「でも」と眉根を寄せながら尋ねた。「籠神社や丹後国が非常に古く、大切な地であったことは納得しました。そして、伊勢神宮と同じく、大怨霊を祀っているということも。それにしても……どうして日本三景にある神社に、こんな共通点があるんでしょうか。大体、大怨霊たちといっても、鹽土老翁神が怨霊だという話は、聞いたことがない」

「塩は『潮』で、もちろん海神。土は『筒』で星のこと」

それは、以前に聞いた。

筒――つつ、は朝廷の人々から忌み嫌われていた「星（つつ）」のことなのだと。

「あんたは、この『筒』という名のつく神を知っておるじゃろう」

「もしかして……住吉（すみよし）三神、ですか！」

そうじゃ、と火地は言う。

「摂津（せっつ）国一の宮の住吉大社の主祭神、底筒男命（そこつつのお）、中筒男命（なかつつのお）、表筒男命（うわつつのお）だな。そうであれば、間違いなく怨霊。それに、そもそもこの鹽土老翁神は、かの猿田彦（さるたひこ）大神と同神といわれとる」

「天宇受売（あめのうずめ）神に殺されたという……」

「そういうことじゃ。あるいは、浦島太郎でもあるとな」

「浦島太郎って――」

「共通点が非常に多いのじゃ。今ここで詳しくは説明しないが、筒男としての住吉三神。これは鹽土老翁神とも、武内宿禰（たけしうちのすくね）ともいわれとる。もちろん『武＝竹＝筒』であるわけじゃからな。あるいは、猿田彦大神」

「猿田彦大神……」

「そうじゃ。そして、住吉は住（すみ）の吉（え）、墨之江。まさしく浦島太郎が住んでいたという土地じゃ。なおかつ、武内宿禰は三百年の時を生きたといわれ、浦島太郎もまた、三百年の時を越えてしまった。そのために、猿田彦大神とそっくりの容姿になった」

「武内宿禰と、猿田彦大神と、浦島太郎と、そして更に鹽土老翁神ですか」陽一は軽く嘆息した。「それはまた……」

「あんたは、鹽竈神社に行ったことはあるか」

「遠い昔に一度だけですが」

「境内を覚えておるか。この鹽土老翁神がどのようにして祀られていたか」

「はい……」陽一は、ゆっくり思い出す。「本宮ではなく、別宮として正面脇に祀られていました」

「しかし、参拝はまず、この鹽土老翁神からが正式だとされておる」

「そうなんです。ぼくもその時は、何故だろうと思いながら……」

「考えるまでもない。もちろん、主祭神だからじゃ」

「でも、正面右脇に――」

と言った陽一の背中を、電気が走った。

「大怨霊だからですねっ。わざと参道を曲げている、いるんだ！」

火地は、無言のまま頷くと、プカリと煙を吐いた。

怨霊を祀っている神社の大きな特徴の一つだ。

参道が一直線になっておらず、必ず大きく曲がっている！

伊勢神宮を始めとして、菅原道真を祀る太宰府天満宮や、嚴島神社、そして明治神宮などなど。

そして、一見真っ直ぐになっているように感じる神社でも、どこかしらでこの呪がかけられている。奈良の大神神社がそうだった。

そして、もう一つの特徴。

主祭神の脇には、その怨霊神を見張る神が置かれている。

最も顕著な例が出雲大社だ。大国主命の脇には、五柱もの神々が鎮座している。

「そして」と火地は言う。「あんたがさっき言っておった、志波彦大神じゃが」

「鹽竈神社境内に建つ、志波彦神社の祭神ですね」

「この神も、もともとの地主神だったという説がある。となれば当然、怨霊と考えて良いだろうな」

火地は「名前の通り」と言った。

「その理由は……？」

「志波という文字に『撓い』を当てれば、『辛抱強い、粘り強い』という意味になる。また同時に、『しつこい。くどい。しぶとい。強情。片意地である』ということになるし、『苦しい。のろい』という意味も持っておる」

「強情。苦しい……」

「また『吝い』となれば『ケチなこと。渋い。塩っぱい』ともいう」

「塩っぱい！」

「更に隠語ではケチなことであり、『シワ太郎』といえば、やはり『鄙吝なる者をいふ。けちな者を罵りていふ詞』となる。つまり、沢史生に言わせれば、『王化に反抗して敗れた民は、なんとか生き残るために、いやでもくらしの中に辛抱と節約を強いられた。しぶとくなければ生きられないし、王化に服した者から見れば、それは意地っ張りの強情者と映ったであろう』――ということになる。

そう考えれば、朝廷が次々に征服して行った蝦夷地に、そういった名前が多く残っているという理由が分かる」

「なるほど……」

「ちなみに、もう一つ言っておくと、今の浦島太郎のモデルともいわれとる『珍彦』の別名、『椎根津彦』じゃ」

「それも、何か不思議な名前です」

「これはもちろん『瘤』じゃな。あるいは、癡根で腫れ物じゃ。しかも『頑固な治りにくい病』。蝦夷地の人間の抵抗が、それほど激しかったことを物語っておる」

「そういうことだったんですか……」

確かに、平安初期の坂上田村麻呂の頃にも、アテルイたちとの激しい戦いが繰り広げられている。

呆然としながら答える陽一に、火地は続けた。

「そして、もう一つの共通点は弁才天じゃ」

「弁才天って」伶子が尋ねた。「七福神の？」

「そうじゃ。竹生島や江ノ島におられる仏尊じゃ」

「嚴島の大願寺には」陽一も言う。「確かに『日本三大弁才天』といわれる弁才天がいらっしゃいますけど、天橋立や松島にも？」

「天橋立の智恩寺近くには『弁才天女堂』が、そして籠神社近くの『江之姫神社』には市杵嶋姫として『弁財天』が祀られている。また、松島にも有名な弁才天がおるぞ。現在は小祠になってしまっておるが、古い絵図などを見れば、かなり大規模に祀られておったようじゃ。そして、祀られているその島に渡る橋は男女の縁を切るともいわれておった。この意味は分かるな」

はい、と陽一は大きく頷いた。

「弁才天は、市杵嶋姫命と同体とされています。そして市杵嶋姫命は、愛する男性神と無理矢理に別れさせられてしまった神だからでしょう」

「それを知った上で、お参りするのなら構わん。だが、その悲しさに思いを馳せることもないような男女は、別れて当然じゃわい」

「またそういうことを言う」伶子がたしなめた。「全員が全員、そうとも限らないでしょう」

「しかし、昔の日本人は、みな知っておったのじゃ。だからこそ、きちんとお参りしたし、そうしない奴にはバチが当たると教えた」

確かにその通りだ。

さまざまな言い伝えには、必ずその理由があり、虐げられてきた神々の慟哭が隠されている。

陽一が心の中で頷いていると、火地は続けた。

「もちろんこの、弁才天が祀られている、という事実には歴(れっき)とした理由がある。これらの地は、あんたも言ったように全て港じゃ。ということは、男たちが集まる場所じゃから、必ず遊郭があった」

「遊郭……ですか」

「松島・塩竈には一大遊郭が存在しておったし、嚴島の幸(さいわい)神社の近辺は、島内でも屈指の賑わいを見せる遊郭が存在していた。ちなみに、幸神社の祭神は、猿田彦大神だ。そして、天橋立・宮津は『縞の財布が空(から)になる』と歌われたほどの歓楽街じゃった。まあ、北前船(きたまえぶね)の寄港地だったから、当たり前だろうがな。ちなみにこの辺りには

『丹後松島』と呼ばれておった土地もある。そして、大きな遊郭には弁才天、つまり市杵嶋姫命、宇迦之御魂大神が祀られておる」

それも教わった。

宇迦之御魂大神は遊女、あるいは「狐——来つ寝」として、朝廷から貶められ、蔑視されていたと。

「ゆえに江戸時代になると、隠語で『弁才天』といえば、女陰のことを指した」

えっという顔を見せる伶子の前で、火地は平然と続ける。

「あるいは、歌舞伎のセリフに出てくるように、女陰を舟に見立てて『船霊様』とな。まあ、どちらにしても、不幸な女性たちのことじゃ」

「そういう悲しい経緯があるからこそ」陽一は頷く。「弁才天は嫉妬深い、などという迷信が生まれたんですね」

「そういうことじゃ。そんな神々の悲しい過去や境遇に思いを馳せることもなく、自分勝手な願い事だけを祈って帰る人間たちには、どんなバチが当たっても仕方ない」

いや、それでも——。

籠神社や真名井神社、嚴島神社や鹽竈神社に祀られている怨霊たちが解放されれば、間違いなく大変なことになるのは事実だろう。しかし、それだけで日本国の殆どが壊滅してしまうのか？

「その程度で――というわけではありませんが」

と言って陽一は、今感じたことを火地に伝えた。すると不審な表情を浮かべる陽一の前に、火地はどこから取りだしたのか、大きな日本地図をバサリと広げて見せた。

そして、所々欠けている古ぼけた木製の長い定規を当てる。

「間違いなくこうして、日本三景は一直線に繋がっておる」

「はい……」陽一は、伶子と共に日本地図を覗き込んだ。「松島――天橋立――嚴島ですね。でも、これ以上何か」

「なぜ、そこで止めるんじゃ」

「え？」

「どうして嚴島神社で止めるのか、と訊いておる。松島の先は海だが、嚴島の先には、まだ陸地がある」

「そう……ですね」陽一は目で追った。「この先には、九州があります。ということは――」

「当然、ここ」火地は、定規の線上の一点に、折れんばかりに細い人差し指の先を置いた。

「宇佐じゃ」

7

六道佐助は、東北新幹線の窓の外を流れて行く、緑の田園風景を眺めていた。今ここで起きている事件の気配も感じられない、のどかな光景だった。

こうやって日本人は、緑の地と共に生きてきた。だがそれも、あと少しでなくなってしまうかも知れないのだ。そう思うと、さすがの佐助も胸が痛い。

そして、もちろんこの自分も消える。ようやくこうして生まれ変わってきたのに。いや、生まれ変わらない方が良かったのかも知れない……。

佐助は、大きく嘆息した。

それもこれも、全て自分が悪いのだ。

あの時、あの男にさえ会わなければ。

佐助は、前世の記憶を引っ張り出す。

京都・島原(しまばら)。

まだ若い下級武士だった佐助は、裕福な大店(おおだな)の二代目の男に連れられて、遊郭に上がった。そこで出会ったのは、遊女の白菊(しらぎく)。

良い女だった。

一目見た時から、心を奪われてしまい、佐助は自分の身分も忘れて、何度も足を運ぶようになった。しかし、島原は高級遊郭。すぐに金銭が続かなくなり、それでも白菊会いたさで友人からも借金をし、いつのまにか借金を返すために借金を重ね、それも行きづまってしまうと、押し入り強盗や辻斬りまでして金銭を手に入れた。

だが、さすがにそんな生活が続くはずもなく、そろそろ手配も回り始めたある日、佐助は白菊に向かって、これが最後、明日の夜に八坂の森で死ぬるつもりだと告げた。すると驚いた白菊は、実は本心から佐助に情を移しており、それならば私も一緒にと言った。他の客にはない、佐助の純情さに心から惹かれていたのだという。しかも自分も、身請けの話どころか、一生年季の明けない身。どうせ死ぬるなら愛しい人と、と泣いた。

では、今までの優しさは演技ではなかったのかと佐助も感激して、二人で一緒に死ぬことに決めた。

次の日の夜。佐助が、示し合わせた時刻に八坂の森に行くと、本当に白菊がいた。白い死に装束。必死に脱け出してきたのだという。

二人で抱き合って泣いた後、星明かりだけで八坂神社の裏手の森へ移動した。自分の前で目をつぶって手を合わせ、念仏を唱える白菊の胸を、佐助は手にした脇差しで一息に突いた。

真っ赤に染まる白菊の胸元を眺めながら、佐助は震える手で自分の喉元を刺す。

しかし血糊で手が滑り、急所を外してしまった。

一人、苦しみもがいたが、どうしようもない。このままでは、死ぬに死ねない。このまま夜明けまで、そして誰かが見つけてくれるまで苦しみ抜くのか。

いや、そこで死ねれば良いが、万が一助けられて、命を永らえてしまった方が悲惨だ。江戸の噂では、心中に失敗した男女、あるいは生き残った片割れは、日本橋のたもとに三日三晩晒された後、女は年季明けなしの遊女として吉原(よしわら)へ、男は非人に落とされる——。

これが、自分が重ねてきた罪への罰なのか。

佐助は、断末魔の苦しみに呻いたが、手に力が入らずどうしようもない。ただ時間が過ぎて行くばかりだった。

すると。

そこに一人の男が通りかかった。しかしこの時刻に、こんな暗い森の中を歩く人間もいないだろう。佐助は、幻覚を見ているのだろうと思った。きっと、閻魔の使いが通りかかったのだ……と。

しかし男は、草を踏んで佐助に近づいてきた。そして、佐助を見下ろして言う。

「死にたいのか。それとも、助かりたいか」

佐助は答える余力もなく、ただ、ひいひいと喉を鳴らしているばかりだった。

「二人は無理だが、一人ならば助けられる。どうだ？」

えっ、と佐助は視界の薄れた目で男を見上げた。

すると男は、佐助の喉元から脇差しを抜く。

赤い血がどっと噴き出して草むらを染める。

ああ……自分は今、ここで死ぬんだ。

でもあの世で、白菊と一緒になれる。

そうしたら、ずっと二人で暮らそう。

と思った時、男の声が聞こえた。

「生まれ返らせてやる。しかし、この女は無理だ。諦めろ」

何だって？

生まれ返るだと。

男は再び言った。

「それで良ければ、その痛みから解放してやろう」

佐助は耐え難い苦痛の中で、思わず頷いてしまった。

そんなつもりはなかったのだ。

このまま、白菊と一緒に死ぬつもりだった。
しかし――。
頷いてしまった。
すると、男の言った通り、喉元の痛みが引いて行く。
あんなに勢いよく噴き出していた血も止まっている。
えっ。
助かったのか。
それとも幻か。
男は言った。
「望み通りだ」
その時。
死んだとばかり思っていた白菊の目が、微かに開いた。
焦点の合わぬ瞳で、恨めしそうに佐助を見つめていた。
違うんだ白菊！
佐助は叫んだが、
声にはならない。
白菊……。

そのまま意識は薄れ、気がつけばいつしか時を超えて、東山の森の中に倒れ伏していた。佐助は、起き上がって辺りを見回す。そして、喉元に手を当てたが、うっすらと傷が残っているだけで、痛みもなく血も出ていない。

今はいつだ？

佐助がよろよろと起き上がると、目の前にあの男が姿を現し、全てを説明してくれた。驚く佐助に向かって、男は言った。

自分は、高村皇。毎夜地獄へと通っていた小野篁の直系の子孫。そして、東山・六道珍皇寺の井戸から地獄へと行き、そこで修行し、現世へと戻って来たのだ、と。

その後、佐助は高村から長い話を聞かされた。

その話が終わると、佐助は叫んだ。

「それで、白菊は！」

すると高村は、冷ややかな目で告げた。自分は、一人しか助けられぬと言い、佐助はその言葉に頷いた。ゆえに、あの女は死んだ。しかも死ぬ寸前に、おまえに対する憎悪に搦め捕られてしまったばかりに、畜生道へ落ちた。

「畜生道に！」佐助は叫ぶ。「すぐ助けなくてはっ」

だが、無理だと高村は言う。ただ、運が良ければ、あるいはおまえに対する怨念が強ければ、おまえと同じこの時代に、畜生の姿で生まれ変わるかも知れぬ、と。

すると高村は冷ややかに笑った。そんな姿で、どうやって助けるのだ？　すでにおまえは、老人となっている。若者として蘇らせることは、さすがに無理だった、と言う。

「嫌だ！　助ける」

私は十種の神宝のうち、三つしか持っていないのでな――と。

「えっ」

そして佐助は、今さら自分が、年老いた男の姿だったことに気づいた。

どういうことなんだ！

これではまるで、知らずに三百年の時を超えてしまった浦島太郎ではないか！

憤って訴えたが高村は、東山の奥に一軒家がある。そこで暮らせと言い残して、そのまま姿を消してしまった――。


佐助は、窓の外の景色をじっと見つめる。

本当に、白菊がメス猫となって、自分と同じ時代に生まれ変わっていたとは。

これも、自分の罪業だ。

〝本当に……わしが悪かった……〟

佐助の頬を涙が伝った。

その時、この列車は間もなく仙台に到着します、というアナウンスが流れた。仙台で快速に乗り換えれば、松島海岸までほんの三、四十分。

佐助は涙を拭うと、大きく深呼吸した。

＊

「宇佐！」陽一は目を見張った。「宇佐神宮ですかっ」
確かに日本三景のラインには、宇佐神宮が乗っている。
驚いて顔を上げる陽一を見ながら、火地はゆっくりと煙草を灰皿に押しつけた。頼りない白い煙がふわりと上がり、その向こうで火地は言う。
「あんたも知っての通り、宇佐神宮は、大分県宇佐市南宇佐亀山に鎮座しておる豊前国一の宮じゃ。そして祭神は、
一之御殿・八幡大神。御名、誉田別尊（応神天皇）
二之御殿・比売大神。御名、三女神（市杵嶋姫命・多岐津姫命・多紀理姫命）
三之御殿・神功皇后。御名、息長帯姫命

じゃな。しかも、最も重要なのは比売大神。その証拠に」

と言って火地は、またしてもどこから取りだしたのか分からない宇佐神宮の本殿図を、バサリと広げた。

「これを見てみろ。祝詞を申し上げる申殿は、上宮・下宮共に二之御殿の前に設えられておる。そして、奥宮の大元神社の祭神は、比売大神――つまり、市杵嶋姫命じゃからな」

「またしても、市杵嶋姫命なのね……」

大きく嘆息する俤子を見て、

「しかもここは、それだけではない」

火地は首を振った。

「境内には住吉大神――筒男神がおるし、境外末社には椎根津彦、つまり珍彦が祀られておる。そして当然、昔この近辺は一大遊郭として名を馳せておった。また、『古事記』には『宇沙』――『大いなる砂鉄』の地として記されておるように、豊富な砂鉄に恵まれていたこの地方では、後の世に豊後刀工集団が繁栄した。また、宇佐神宮ゆかりの刀鍛冶・神息も、歴史にその名を留める名工じゃったからの」

ということは、陽一は叫ぶ。

「他の神社と、殆ど一緒じゃないですか！」

「いや」と火地は首を振る。「宇佐は、もっと恐ろしい」

「えっ」

「『古事記』によれば、この地には土人（くにびと）の宇沙都比古（うさつひこ）と、宇沙都比売（ひめ）がおって、神武天皇東征の際に『あしひとつあがりの宮』を造営し、大変もてなしたという」

「あしひとつあがりの宮……ですか」

「この宮に関して『古事記』では『足一騰宮』、『書紀』では『一柱騰宮』と表記しとる。但しどちらも、構造不明の宮殿とあり、おそらく川岸に片方の脚をかけて床を構え、もう一方は川の中に柱を打ち込み、張り出すように床を拵えた宮殿ではないか、などと推測しておる。しかし、宇佐の地が一大産鉄地であれば、その意味は明らかじゃろう」

　はい、と陽一は頷く。

「産鉄民たちの特徴ですね……。踏鞴を職業としている人たちの『片目・片足』だ」

　当時の製鉄、つまり踏鞴に従事している人々で「番子（ばんこ）」と呼ばれた人々は、長時間にわたる鞴（ふいご）踏みで片足を壊し、三日三晩にわたって炉の火を見続ける役目であった「村下（むらげ）」たちは、その炎のために片目を失った。つまり「片目・片足」は、踏鞴従事者の職業病として捉えられていた。

　ちなみに、それらの特徴が後世、妖怪・一つ目小僧などと呼ばれるようになった。

いわゆる一つ目小僧も、一本足だ。

「しかし……」陽一は首を捻る。「果たして神武天皇の時代に、そんな踏鞴製鉄などがあったんでしょうか？」

「神武天皇の皇后の名前を見ればよいじゃろ」

「皇后……」と呟いてから、あっ、と陽一は目を見開いた。

「比売多多良伊須気余理比売だ！」

「あるいは、媛踏鞴五十鈴媛、じゃ」

「まさに産鉄、踏鞴ですっ」

「そう考えれば」火地は続ける。「当然、宇沙都比古・宇沙都比売の二人は、宇佐の産鉄鍛冶集団の頭領だったと考えられる。ゆえに、そんな彼らが造った宮殿という意味で『足一騰宮』と呼ばれたんじゃろう」

「そう考えれば、納得できますね！　川に脚をかけて云々、などという説明より、余程すっきりとしています」

ところが、と火地は意味ありげに陽一の顔を覗いた。

「わしは、それだけではなかったと思っておる」

「といいますと……」

「『書紀』の記述じゃ」

「『一柱騰宮』ですか？」

「そうじゃ。『一柱』は、どう読んでも『あしひとつ』とは読めん」

「ええ……確かに」陽一は眉根を寄せた。「では、何と読むんでしょう」

「そのままじゃ」火地はコーヒーをすする。「『ひとはしら、騰がりの宮』。つまり、一柱の神があの世へ旅立った宮、じゃ」

えっ、と陽一は息を呑む。

「つまり神が、宇沙都比古が死んだと？」

「『書紀』にはこうある。神武天皇即位前紀、甲寅年十月の条じゃ。

『乃ち菟狭の川上にして、一柱騰宮を造りて饗奉（みあえ）る』」

そして火地は万年筆を取ると、目の前の原稿用紙に書きつけた。

「一柱騰宮、此をば阿斯毗苔徒鞅餓離能（あしひとつあがりの）宮と云ふ」

「何、それ」その文字を覗き込んだ侑子は、顔をしかめた。「全然読めないわ」

ええ、と陽一も同意する。

「……何ですか、その文字は」

「見た目からして不快な文字じゃが、『鞅餓離』の意味も酷いぞ」火地は文字を指差した。「この『鞅』は『きずな。束縛』という意味で『鞅々』といえば『楽しくない。不平に思う。恨む』となる。しかもこの文字は『快』と同じような意味を持ち『鬱々として楽しめない』となり、『快然』となると『心が塞がって鬱陶しい』意味を持ってくる」

「鬱々として……ですか」

「そこに『餓える』と『離れる』の文字を加えとるのじゃからな。そもそも『あがり』という言葉も『神上がり』で『殯』、つまり神が崩御することを表しておる。事実、仲哀紀九年二月五日の条には、怪死を遂げた仲哀天皇に関して『阿餓利』の文字が使われとるからな」

「では、やはり宇沙都比古と宇沙都比売は、神武天皇によって殺害されたということなんですね……」

陽一は静かに言ったが、

「いいや」と火地は首を横に振った。「宇沙都比古は黄泉国に送られてしまったが、宇沙都比売は違った。もっと酷い目に遭わされとる」

「……というと？」

「神武天皇の勅命によって、臣下の天種子命の妻にされた。当然、無理矢理じゃ。この天種子は、中臣氏の遠祖といわれとるがな」

「えっ」

「実際に、同じような話が『常陸国風土記』にも載っておるぞ。行方郡の条じゃ。昔、芸都の里に、寸津毗古・寸津毗売が住んでいたが、日本武尊が行幸した際に、寸津毗古は無礼な振る舞いをして斬り殺された。それを目にした寸津毗売は降伏し、日本武尊に仕えるようになった。そこで尊は、

『其の懇懃なるを欵びて、恵慈しみたまひき』

　とある。しかしこの事件に関して、沢史生はこう書いておる。

『どこの国に亭主を斬殺した相手に対し、身も心も捧げて、愛の限りを尽す愚かな女がいるだろうか。体裁よく記述されてはいるが、風土記の語るところは、土地の豪族を殺害したあと、その女房はじめ女どもを、掠奪強姦したという侵略史なのである』

　――となる。まさに、その通りじゃ」

「確かに」陽一も大きく頷いた。「そちらの解釈が正しい、いや、そうとしか思えません。つまり……宇佐には、そんな未だに鎮魂されていない怨霊たちが大勢いると」

「塩竈も、天橋立も、嚴島もそうじゃ」

「では高村たちは、このライン上に乗っている神社を全て破壊して、市杵嶋姫命たちを解き放とうとしているというわけですか」

「そんな単純な話ですめば、まだいいがな」

「言ったろうが、日本の国土が危ないと。奴らが考えているのは、とてつもない計画じゃ。ここまでで、まだ三分の一ほどじゃわい」

「三分の一……」

「どうやらあんたは、何故ここに宇佐が入っておるか、まだ分からんらしいの」

と言って、火地はギロリと陽一を見たが、その言葉に陽一は首を捻る。

「どうして、と言いますと?」

バカか、という声が返ってくるかと思って覚悟をしていた陽一の前で、火地は定規を使って静かに万年筆で線を引いた。カリカリという乾いた音と共に、松島から宇佐まで、ターコイズブルー色の太い筋がつく。

次に火地は、宇佐を中心点にして定規を二十度ほど引き下げる。そして、東京と宇佐を繋ぐ線を引く。更に今度は、東京を起点に定規をくるりと回して、松島と繋ぐ。

その結果、日本地図上では、松島・東京・宇佐を頂点とする、大きな三角形が描かれた。その三角形は、本州の三分の一ほどを占めている。

「何なんですか、この三角形は?」

尋ねる陽一に、火地は答える。

「あんたの言う『彼ら』は、この三角形を壊したいんじゃろうな」

「は?」

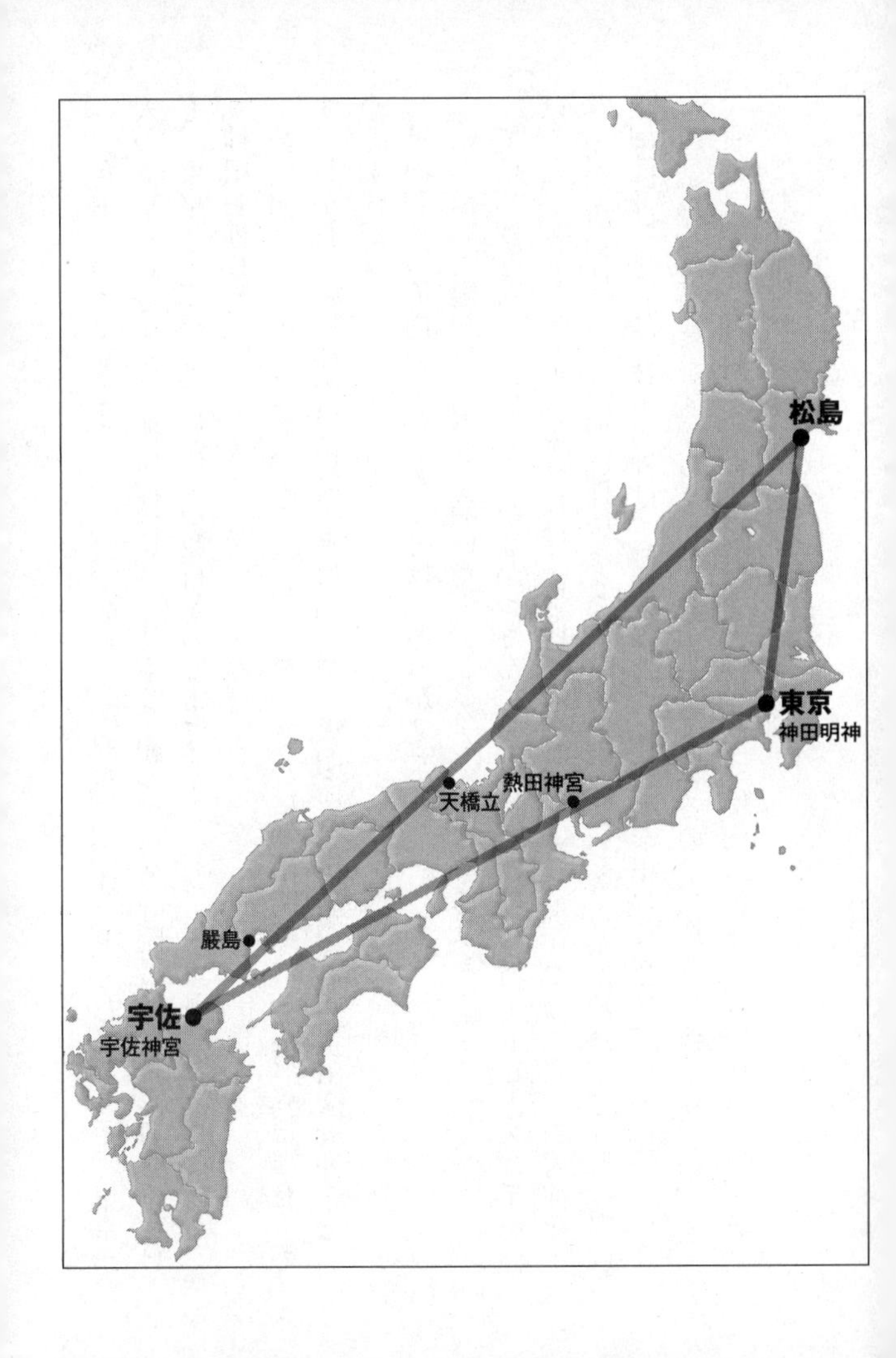
松島
東京
神田明神
熱田神宮
天橋立
嚴島
宇佐
宇佐神宮

「三角形といっても……」陽一は、顔をしかめた。「大体、どうしてここに、東京が入ってくるんですか。稲荷神社や、弁才天を祀っている寺院もたくさんありますけど、東京——江戸は、たかだか数百年の都市です！」

「神田明神じゃ」

「神田明神？」陽一は啞然として尋ねる。「確かに神田明神は『江戸総鎮守府』です。しかしあの神社の祭神は、平将門公で、火明命や市杵嶋姫命や猿田彦大神とは、全く関係がない——」

「神田明神の境内をまわったことは、あるか？」

「は、はい」陽一は、大きく頷いた。「もちろん、何度もあります」

「では、残念なことに気がつかなかったんじゃな」火地は、ショートピースに手を伸ばした。「あそこの境内末社には『稲荷神社』があった。現在では『浦安稲荷神社』『三宿稲荷神社』『末廣稲荷神社』となっているがな。もちろん祭神は、どれも『宇迦之御魂神』。そして神田明神は、無数の稲荷社を兼務奉祀しておる」

「『江戸総鎮守府』ですから、稲荷社を奉祀しているのは当然と言えば当然——」

「また」と火地は陽一の言葉を遮って続けた。「境内末社として『住吉社』があった。これも祭神はもちろん、筒男たち住吉三神」

「いや、それも——」

「そしてここには」火地は言う。「『籠祖神社』という社がある」

「籠祖！」

「そして祭神は、猨田彦——猿田彦大神と鹽土翁神」

「ええっ」陽一は目を見張った。「それは、天橋立や鹽竈神社と同じだ」

しかし、と火地は日本地図と陽一を交互に見る。

「問題は、ここからじゃ」

「ここから……」

「この大きな三角形の中には、何がある？」

「何があると言われても」陽一は地図を覗き込んだ。「日本の国土の三分の一ほどが含まれて——」

この三角形は、と言って火地はショートピースをくわえる。

「日本全土を護っている結界なんじゃ」

「結界？」陽一は訝しんだ。「たとえそうだとしても、こんなに大きな結界を張って、一体何から国土を護っているんですか」

「決まっとるわい」

ポッ、とマッチを擦った。

「火山じゃ」

「火山！」

「この中には、無数の活火山が封じ込められておる。噴火警戒レベルの高い山が、いくつもある。見てみろ」

火地は、ジジジ……と音を立てて煙草に火を点け、プカリと煙を吐き出すと、指を地図に当てた。

「白山、御嶽山、乗鞍岳、焼岳、白根山、浅間山、磐梯山、那須岳、日光白根山、箱根山――そして」

火地は再び陽一を見ると、名古屋と東京を結ぶ線の上で指を止めた。

「富士山」

「えっ」

呆然と地図を見つめる陽一と伶子に向かって、火地は言った。

「この状況で富士山が噴火したら、当然、宝永四年（一七〇七）の大噴火を超えるじゃろうな。当時の推定マグニチュード八を楽に超える大地震と、東京まで届く火山灰で、東海から関東は間違いなく壊滅じゃ」

「そんな……」

「じゃが、それより恐ろしいのは、結界近辺の火山も活動を始めてしまうことじゃろうな。宇佐のある九州では、阿蘇山、桜島、霧島山。東京近辺では、三宅島、伊豆大

松島
蔵王山
吾妻山
磐梯山
安達太良山
那須岳
日光白根山
白根山
浅間山
焼岳
乗鞍岳
御嶽山
白山
東京
箱根山
富士山
伊豆大島
三宅島
天橋立
嚴島
宇佐
阿蘇山
霧島山
桜島

島。松島の近くでは、蔵王山、安達太良山、吾妻山。そうなったら、どんな神仏の力を以てしても、この大天災を抑えることは不可能じゃ」

「確かに……」

陽一は震えた。

これでは、たとえでも何でもなく、日本の国土の三分の一が消失する。運良く消失しないにしても、人間の背丈を超えるような厚い火山灰に覆われてしまうだろう。

「もともと日本には」

と火地は煙を吐き出した。

「世界中の、およそ一割の火山が存在するといわれておる。実際にこうして日本地図を眺めても、百を超える火山が載っている。ゆえに、地震も多い。つまり日本というのは、そういう国なんじゃ。大地がいつも静かにしてくれているとは限らん。落ち着いておるのは、太古から多くの神々が護っていてくれているおかげなんじゃ。その無言の恩恵も知らず、自分勝手な欲得に走っている人間どもがバカといえば、それまでじゃがの」

では！　と陽一は叫んだ。

「どうすれば良いんですか。どうやったら、この状況を切り抜けられるんですかっ」

すると火地は、煙草を灰皿に押しつけた。

「知らん」

「知らないって、そんな――」

「分からんものは、分からん。この日本に生きている人間に訊いてくれ。わしには、どうしようもできん」

「火地さん！」伶子も叫ぶ。「ここまで説明しておいて、それはあんまり無責任よ」

「いくら伶子さんにそう言われても」火地は引きつった笑い顔で答える。「わしに責任はない。『救いがないなら、破滅を説いてはならぬ』という言葉もあるのは知っておるが、このヌリカベの若者に訊かれたから答えただけで、わしに他意はないわい」

「だからと言って――」

いや、と火地は言う。

「わしとて、この破滅が訪れれば、このまま地獄へ真っ逆さまに落ちることは知っておる。しかし、それを防ぐ方法は知らん。知っていれば、とっくにやっておる」

「じゃあ、どうしたら！」

身を乗り出す陽一に火地は、

「分からんよ。あのばあさんにでも訊いてみたらどうじゃ」

吐き出すように答えると、煙草に手を伸ばして火を点けた。

そうだ――。

陽一は思う。

ここは、四宮雛子に訊くべきではないか。

*

彩音が居間のソファに腰を下ろし、陽一を通じて静かに火地たちの話を聞いていると、カラリと戸が開いて、倒れそうになりながら憔悴(しょうすい)しきった雛子が姿を現した。

「先生!」

驚いた彩音は、あわてて駆け寄ると、雛子を抱きかかえるようにしてソファに座らせた。そして、冷たいお茶を取りに走った。

雛子は肩で息をしながら、彩音の運んできたお茶を一口飲むと、大きく溜息をついた。

「ばあちゃん先生」巳雨も心配そうに尋ねる。「大丈夫?」

「ニャンゴ……」

「ダメだね」雛子は力なく首を振った。「うまくいかない」

その言葉に、

「やはり」彩音は肩の力を落とす。「神宝が足りないんですね」

いいや、と雛子は言う。

「それは最初から分かってる。それよりも今、物凄い障壁が立ちはだかってきているんだよ」

「障壁というと、やはり――」

「そうだ。日本各地の怨霊たちが、蠢き始めてる。こんな状況で死反術を行おうとしたら、了ちゃんの体はもたないね」

「そんなに酷い状況なんですね！」

「一体、どんなことが起こってるんだろうかね」

と嘆息する雛子に向かって、

「実は」

と彩音は説明する。

先ほど陽一が現れて、やはり危機的な状況に陥っているように思えるので、火地晋に話を聞きに行ってくれている――。

「ようやくあの子も現れたか」雛子は頷く。「それで、何だって言ってるんだね、あの老いぼれ幽霊は」

はい、と答えて彩音は伝える。

今、被害に遭っている日本三景のラインを結ぶと、その先は九州まで延びて宇佐に到達する。またそのラインを、宇佐から東京へ、そして東京から松島へと繋いだ大きな三角形の中には、無数の活火山が――。

「何だって」雛子は、殆ど視力を失っている眼で彩音を見た。「本当かね」

「しかも、そのラインの中には富士山も――」

「ちょっと待ちな」

雛子はサイコロを取りだして、カラリと転がした。それを指で触れて、

「危険は目の前に迫っているし、四分六分でこちらの方が不利だけど、まだもう少し大丈夫だ。五分五分。これからの対応さえ間違えなければね」

そう言うと、サイコロを再びカラリと転がした。

「『七』か……。卦でいうと『地水師』だね。『師は貞なり。師は衆なり。貞は正なり』――敵に対して、一致団結して戦えという卦だ。単独行動は不可だ」

「全員で……」

「巳雨もだね！」

「ニャンゴ！」

しかも、と雛子は首を捻った。

「確かに『女性』とも出ている。そして『七』というのは……」

「あの――」と彩音は言った。「向こうで火地さんが『丹後七姫』じゃないのかとお

っしゃっているそうです」

「何だって」雛子は声を上げた。「丹後七姫かい！」

「……昔、父がそんな話をしていたような記憶があります」彩音も頷く。「確か、乙姫や小野小町たちや安寿姫たちが、丹後国に関係していると」

「乙姫さまって、浦島太郎の？」

尋ねる巳雨に「そうよ」と彩音は答えた。

「でも、それがどうして——」

呟く彩音に雛子は、全員が悲しい運命を担った女性たちだという話をした。おそらく、中には怨霊となってしまっている女性もいると。

「そこで、彼女たちの霊を鎮魂することで」と雛子は言う。「逆に丹後の地を護ってもらってきた。神祀りする巫女たちのようにね。だから今、私たちもそれに倣って、七人の女性たちでそれぞれの土地の神様を鎮魂するしか方法はないってことだ」

「七人の女性ですか……。でも、そんな女性たちがどこに？」

「あんたたちだよ」

「えっ」

「あんたらしかいないだろう、そんなことができるのは。何しろ、相手は神様なんだからね。普通の女性じゃ、とても無理だ。彩音ちゃんや巳雨ちゃんのように、本来の意味での巫女じゃないと」

でも、と彩音は顔を曇らせた。

「私たち二人だけじゃ、とても……」

「もう五人、いないかい。神様と話ができる女性は」

「稲荷の姉ちゃんがいる！」巳雨が叫んだ。「あと、嚴島にも」

「そうだわ！」彩音も目を輝かせた。「祈美子さんと、栞さん」

そして彩音は、彼女たちのことを雛子に伝えた。伏見稲荷大社の事件と、嚴島神社での出来事——。

「しかも」彩音はつけ加えた。「祈美子さんは京都にいるし、栞さんは嚴島に戻っています」

「そりゃあ、うってつけだ」雛子は頷く。「でも、天橋立は手強いよ。その子一人じゃ、心細い」

「それなら、京都府警に裕香さんがいます」

彩音は、貴船神社と伏見稲荷大社で会った話を伝えた。すると雛子は、

「少し弱いかも知れないが」サイコロを振る。「その子も、彩音ちゃんたちと同様、身内を天橋立の事故で亡くしてるようだね。ひょっとすると、その亡くなった人が力を借してくれるかも知れない——。あとは？」

「そうですね……」彩音は目を細めた。「でも、松島には誰も知り合いがいません」

「私に、あっちの事件を知らせてくれた女の子がいる。象潟京っていう子で、やっぱりかなり強い霊力を持ってるんだが……しかし、連絡の取りようがない」

「ニャンゴ！」

「そうだわ！」

彩音はグリの頭を撫でると、雛子を見た。

「実は今、佐助さんに松島へ向かってもらっているんです。何とか、京さんと連絡を取ってもらうとグリが言ってます」

「それは良かった」雛子は言う。「私からもお願いすると伝えてもらえれば、きっと協力してくれるはずだ。ただ……」

「何か？」

「その子は、ちょっと真面目すぎてね。そこが心配だね……。でも、とにかくこれで六人だ」

「ばあちゃん先生は？」

「こんな歳じゃね」雛子は苦笑した。「かえって足手まといになっちまう。せいぜいが、こうして占うだけが精一杯だよ。それに今は、了ちゃんのそばを離れられない」

「ニャンゴ！」

「あんたも、そのなりじゃ無理だろうね。お手伝いは、してもらえるだろうが」

「ニャン……ゴ」

「紗也さんは、どうでしょう」彩音は言った。「以前、陽一くんが、ヌリカベと人間との間で揺れていた時期に、少しだけ交際していた女性です。涙川紗也さん」

彩音は、熱田神宮での事件の話を伝えた。そして紗也は、弟橘媛の子孫で――。

「少し弱いようだけど」雛子はサイコロに触れる。「それでも熱田神宮の名古屋は、宇佐と東京を結ぶ線上に乗っているからね。何とか頼めるかい？」

「今は、神奈川・走水神社の近くに住んでいるはずなので、連絡を取ってみます」

「じゃあ、そうしてもらおうかね。何かあったら、彩音ちゃんが手助けしてあげればいい」

と答えてから、雛子は顔を曇らせた。

「しかし、肝心の富士山、浅間大社を鎮魂して抑えられる女性がいないね……」

「摩季！」彩音が叫ぶ。「摩季がいます」

しかし、

「いや」と雛子は首を振った。「こんな状態じゃ、さすがに無理だ。たとえ、こっちの話が伝わったとしても、摩季ちゃんには何もできないだろう」

「そうですか……」

彩音は爪を嚙んだ。

ということは、もしかして。

このために、鎌倉で摩季が襲われたのか？

高村皇たちは、そこまで先のことを読んでいたのだろうか。

いや、そこまで確実には読めていなかったにしても、磯笛と何らかの接触があり、彼らの目的にとって邪魔な人物と判断されたということだ……。

敵の手回しの良さに唇を嚙む彩音の横で、

「じゃあ！」と巳雨が叫んだ。「早く、摩季姉ちゃんに起きてもらわないと。間に合わないよ」

「ニャンゴ！」

「摩季が目覚めるか」彩音も首肯する。「日本が壊れるか。どっちが先かということね。とにかく、一刻も早く松島と東京と宇佐だけでも鎮めておかないと」

「そうなんだが」雛子は眉根を寄せる。「宇佐は、どうしたら良いもんかね。さすがに私も、知り合いがいない。そしてあそこの神様も、天橋立と同じくらい強い」

彩音は、もう一度振り返る——。

鹽竈神社は、象潟京と六道佐助。

天橋立は、榁祈美子と加藤裕香。

嚴島神社は、観音崎栞。

熱田神宮は、涙川紗也。

神田明神は、彩音と巳雨。

しかし、肝心の宇佐神宮には誰もいない。彩音が向かっても良いけれど、今からではとても時間的に間に合いそうもない。それに、雛子の言う通り、紗也は彩音がバックアップしておいてあげないと、一人では危険だ。

どうする……。

すると突然、陽一から連絡が入った。

「どうしたの、陽一くん」

はい、と陽一は答えた。

「まだ猫柳珈琲店にいるんですけど、四宮先生との今のお話は、全部火地さんたちにもお伝えしました」

「ありがとう。それで？」

「宇佐には、伶子さんが飛んでくれるそうです。ぼくや火地さんと違って、彼女なら宇佐まであっという間だからと」

「伶子さんが！」

「ええ。でも、やはり彼女も摩季ちゃんと一緒で、とても市杵嶋姫命と話したり鎮魂したりする力はない」

「そう……よね」

「ですから、巳雨ちゃんを連れて」

「巳雨を！　でも、どうやって？」

「彩音さんが、宮島に高村皇が来たとおっしゃっていたじゃないですか。それと同じようにして」

「巳雨の『念』だけ連れて行くというのね！」

「それはいいね」雛子も大きく頷く。「あんた、大丈夫かい」

　尋ねる雛子に巳雨は、

「うん」と、硬い表情のまま大きく頷いた。「あの、おばさん幽霊さんも一緒にいてくれるんでしょう。それなら大丈夫。頑張る」

　小さな拳をギュッと握る巳雨に、彩音は心配そうに問いかけた。

「本当？　相手は市杵嶋姫命よ」

「平気」巳雨は大声で答えた。「稲荷大社で、市杵嶋姫さまやお稲荷さまとも直接お話ししたし、貴船神社では玉依姫（たまより）さま、鞍馬では素戔嗚尊さまとお話しできた。みんな、親切で優しい神様だったよ。だから、大丈夫」

「玉依姫ともお話ししたのかい？」

驚いて尋ねる雛子に巳雨は、

「うん」と答えた。「少し悲しそうな顔をされてたけど、とっても綺麗な女神様だったよ」

「玉依姫は、一説では市杵嶋姫命の母神ともいわれてるからね。直接お目にかかっているのは心強いね」雛子は言う。「ここは、巳雨ちゃんに頼んだ方が良さそうだ。あんたの体は、私と了ちゃんとで、しっかり護っておくから」

「また市杵嶋姫さまに会えるんだね」巳雨はニッコリと微笑んだ。「嬉しいな！」

「巳雨」彩音はたしなめる。「遊びじゃないのよ。とっても危険な旅行になるわ」

「巳雨ちゃんにとって」雛子は指を折る。「西は、今年今月共に吉方だ。それに今日は『日破』じゃない。旅に出て良し」

頑張る、と巳雨は答える。

「グリも、たすけのおじいちゃんをよろしくね」

「ニャンゴ！」

「じゃあ、陽一くん」彩音は言う。「すぐに伶子さんにお願いして。私も、祈美子さんたちに連絡を取ったら、急いで神田明神に向かうわ。そこで会いましょう」

「了解しました」

と答える陽一の声を聞きながら、雛子はカラリとサイコロを振った。そして指で触れて確かめる。

「天火同人。『人に同じうするに、野においてす』——同じ目的に向かって皆で進む。大河を渡るような大事を決行する、か」

再び振る。

「火天大有。『悪をとどめ、善を揚げて、天の休いなる命に順う』——と出たね。しかも」

雛子は、彩音と巳雨を見て微笑んだ。

「女性にとっては、大吉だ」

うん、と巳雨は気合を入れた。

「頑張る！　グリもねっ」

「ニャンゴ！」

状況は整った。

後は、それぞれが全力を尽くすだけ。

彩音も、ブルッと身震いすると神田明神へ向かう支度を始めた。

8

松島——。

佐助は、その余りの惨状に唖然とした。

湾に浮かぶ島々は、その殆どが炎上しており、黒い煙がもうもうと空に渦を巻いて上ってゆく。そのために、真夏の太陽の光でさえも遮られてしまっているほどだ。

街のそこかしこには、消防車のサイレン音が響き渡り、海上では海上保安庁の船が必死に放水を繰り返しているが、とても追いつきそうになかった。

そんな混乱の中、佐助は鹽竈神社へと向かう。

神社正面は、二百二段の石段を転がり落ちてきた随身門が、朱色の大きな塊となって、石鳥居は見事に破壊されており、近づくことすらできない。そこで佐助は、志波彦神社側の東の参道を進んだ。

だが、こちらの道も途中までしか立ち入りを許されていなかった。通りかかる人たちの話を聞けば、やはり本殿は右宮・左宮共に倒壊し、鹽土老翁神を祀ってある別宮も、檜皮葺(ひわだぶき)の屋根が吹き飛ばされてしまったらしい。何しろ、竜巻が境内を縦断していったというのだから、無理もない。

と、その時。

佐助は、首筋に嫌な感触を受けて身を竦めた。

何者かがいる――。

体を小さくして辺りを窺うと、志波彦神社へと向かう参道の入口、殆ど倒壊している大鳥居の脇に、一人の痩せた男が立っていた。浅黒く角張った顔面には、黄色いくすんだ目がギロリと光り、夏だというのに黒い長袖のシャツを着て立っている。そして、神社関係者や警察・消防が大勢行き交う人波から、少し距離を置くようにして鳥居を眺めている。

怪しい人間だ。

いや、あれは人間ではない。間違いなく、魔界のモノだ。

高村皇の手先か。鹽竈神社を、松島を壊そうとしている張本人か。

佐助は息を呑むと、こそこそと建物の陰に隠れた。幸い相手は、佐助に目もくれず、周りの様子を冷静に眺めていた。やがて、自分が誰からも注目されていないことを確かめると、いきなり大鳥居の根元を思いきり蹴込んだ。

ゴッ、という音が響く。

〝ああっ〟

思わず声を上げそうになって、あわてて自分の口を押さえた佐助の目の前で、信じられないことが起こった。あの、半壊していたとしても、まだ威風堂々たる朱塗りの大鳥居が、最後の支えを失ったかのように、足元から崩れ落ちたのだ。

その大きな音に、社務所から数人の社務員が飛び出して来る。

しかし、見れば男は、裏の坂へと向かって足早に去って行くではないか。

佐助も、その後を追おうとして、ふと人混みの中に目をやれば、やはり佐助と同じように男の後ろをこっそり追っている、若い女性の姿が目に入った。色白だが、気の強そうな顔で、間違いなく美人の部類に入るだろう。しかし、とても鋭い目つき。

その女性が、思い詰めたような表情で、男の後から裏の坂へと走って行く。

何者だ？

今の現場を当然目撃していたろうから、普通ならば誰かに告げるはず。実際に、警察官や神社関係者が、自分のすぐ近くに何人もいるのだから……。

だがその女性は、誰と口をきくこともなく、かといって去って行く男を呼び止めるでもなく、ただ後を追って行く。

佐助も、当然二人の後を追う。

すると、

〝ニャンゴ！〟

佐助の頭の中に、大きな声が響いた。

あいつだ。

〝今度は、どうしたんじゃ？〟

佐助は、足を止めることなく問いかけた。

そして、

〝うん、うん。そうか……。なるほど、分かった分かった。まてよ……〟

佐助は、自分の少し先を行く女性を見つめた。

〝もしや、あの娘か？〟

〝ニャンゴッ〟

〝大丈夫じゃ。うまくやるわい〟

そう答えると、二人の後をつけて行く。

やがて男は街並みを外れて、いつしか松島湾を眼下に見下ろす、高い断崖の上に立った。燃え上がっている島々を眺めているのかとも思ったが、そうではないらしい。じっと海を見つめながら、片腕ずつ前に出したり、頭の上に突き出したりという動作を繰り返している。

そして、やはりさっきの女性は、男の姿をじっと見ていた。

そこで佐助は、そっと女性に近づくと、

「ちょっと、お尋ねしたいんだが」小声で問いかけた。「もしかして、象潟京さんというのは、あんたかのう」

「えっ」

女性は、びくっと身を引いた。そして、厳しい目つきで、じろじろと佐助を見つめる。確かに、妖しげな風体といえば、佐助もあの黒ずくめの男に負けてはいない。

「そうですけど……」京は、微塵も気を許す様子もなく答える。「あなたは？」

「六道佐助という、傀儡師じゃ」

「傀儡師？」

「今はそんなことは良い。とにかく、四宮雛子というバアさん先生に頼まれてな」

「四宮先生に？」

「ちょっと、話を聞いてくれんか」

「でも、いきなり、そんなことを言われても――」

京は、断崖に立つ男と佐助を、交互に見比べながら戸惑う。

「とても重要な話なんじゃ」そんな京に、佐助は畳み込む。「ここであの男を見張っておるのなら、何も答えんでも良いから、話だけでも聞いてくれ。さもないとわしは、嚙み殺され――いやいや、厳しく叱責されてしまうのでな。とにかく、聞くだけでも」

両手を合わせて拝む佐助に、京は尋ねた。

「あなたが、本当に四宮先生とお知り合いなのか、その証拠がありませんから、ちょっとお尋ねしてもよろしいですか」

「なんなりと」

「では、私が先生に鑑定していただいた話を、一つでも良いので言ってみてください。どんなことをお願いしたのか」

「それは」佐助は苦い顔をする。「わしが知るわけないじゃろ。あのバアさん先生は、外見通り、頑固で口が堅い。自分が鑑定した内容など、口が裂けても他人に話すもんか」

その通りだ。

最近では、京は雛子に、病に罹った雄太を治すにはどうしたらよいかを尋ねた。そして、もしも雄太が少しでも良くなるならば、自分の命を削っても良い——と。

「何か、他の質問にしてくれんかの」

困り顔の佐助に向かって、

「分かりました」京は、視線を外さずに頷いた。この男は嘘を吐いていないと感じ取れたのだ。「まだ完全に信用したわけではありませんが、お話は伺います」

「おお、良かった！」

「でも、それ以上近づかないでください。間合いの外で」

「間合い？」

「合気道をやっています。ちなみに二段です」

「そうかそうか」

佐助は苦笑しながら首肯すると、静かに話し始めた。

＊

嚴島神社――。

奥の院で車を降りると、栞は武彦と共に、息を切らしながら山道を登った。

確かに武彦の言う通り、さっきからずっと、この弥山（みせん）が鳴動している。だが、一昨日の神社本殿や大鳥居の件といい、こんなことは栞が生まれて二十二年間で、初めて経験する。

麓の大人たちは、単なる地震や災害だと言っていたが、これは明らかに違う。いわゆる「霊障（れいしょう）」だ。とても大きなエネルギーが、地の底から湧きだしている。

そして、その事実を理解してくれるのは、今こうして一緒に汗をかきながら一心に山道を行く武彦だけだろう。彼は、彩音や栞と一緒に大荒れの海に入り、まるで奇跡のような出来事を体験しているのだから。あの市杵嶋姫命の、大きな悲しみの念を、体全体で感じていたはずだから……。

少し前までは、他界した栞の祖母・夕(ゆう)の友人で、やはり嚴島神社の巫女だった壺居(つぼい)ミツという女性がいたが、彼女も二日前に亡くなってしまった。詳しい事情は、まだ教えてもらっていないが、おそらくこの島を壊そうとした人物たちに殺害されたのだろう。

今感じる山鳴りや地響きも、間違いなく、その彼らのせいで起こっているのだ。またしても、市杵嶋姫命を泣かせている。前回は、命からの猛り狂ったような怒りや憤りを感じた。だが、今回はそんな忿怒(ふんぬ)と共に、深い悲しみの涙も感じられる。

どういうことなんだろう。

この沈痛な悲愴さは……。

〝お祖母ちゃん〟栞は山道を登りながら祈った。〝お願い、教えて。この島で、一体何が起こっているの？　市杵嶋姫命さまは、何を愁(うれ)えていらっしゃるの！〟

やがて二人は、山道の右手に見えてきた朱塗りの鳥居をくぐると脇道に入り、目の前に続く長い石段を上る。そのまましばらく行くと、石鳥居の向こうに、大きな磐座群に囲まれるように建つ、御山神社が姿を現した。

宮島の守り神・市杵嶋姫命たちの鎮座する社だ。先日破壊されてしまった、社殿前の古めかしい鳥居も、何本かのつっかい棒に支えられてどうにか立っている。

栞たちは、三社が「品」のような形で配置されている社殿へと向かった。こちらもやはり、何者かによって扉を壊されてしまったが、応急処置で修復されていた。

栞は、一つ一つの社の前で柏手を打ち、心を込めて祈った。

〝市杵嶋姫命さま、田心姫命さま、湍津姫命さま！　お願いです。どうかお鎮まりください。そして、この嚴島神社を——いえ、神の島である宮島を、お護りください〟

そして深く拝礼した時。

今までよりも、一層大きな揺れを感じた。

周囲の木々の枝もザワザワと揺れ、社殿の扉もカタカタと音を立てた。

「市杵嶋姫命さまっ。どうか、どうか！」

祈り続ける栞の後ろで、武彦が青ざめた顔で言った。

「ここじゃ、危ない。もっと広い場所に！」

その言葉に栞も頷いて、大きな磐座のある空間に移動した時、携帯が鳴った。こんな時に一体誰だろう、麓で何か起こったのかと思ってディスプレイを覗けば「辻曲彩音」とあった。

栞は急いで携帯を耳に当てると、

「もしもし！」

と強張った声で応答した。

＊

天橋立――。

祈美子は、光昭や裕香たちと共に、浦嶋神社の境内にいた。

しかし、倒壊した本殿近くで人が死亡していたため、鳥居をくぐって中に入れるのは瀬口や裕香たち、警察関係者のみになっていた。

「すぐに戻って来て、社殿などの様子をお教えしますから、少しの間、ここで待っていてください」

と裕香は言い残して、瀬口と二人で走って行ってしまった。

残された祈美子たちは、古い石鳥居の側に佇む。

境内の中だけが騒然として、神社の周囲は静かだ。何しろ、国道のすぐ向こうは若狭湾。そしてその反対側は、林道が大きくうねる緑深い丹後半島の山々が並び立っているのだから。

そんな中に鎮座している、この浦嶋神社は、ここ丹後でも実に謎の多い社だ。

祈美子は、由緒を読む。

浦嶋神社（宇良神社）
鎮座地　京都府与謝郡伊根町本庄
祭　神　浦嶋子（浦嶋太郎）
相殿神　月讀命　祓戸大神
浦嶋神社は延喜式神名帳所載によると『宇良神社』と記されている。創祀年代は淳和天皇の天長二年（八二五）浦嶋子を筒川大明神として祀る。
……………云々。

とあった。

伝説のその内容はともかくとして「浦島太郎」あるいは「浦嶋子」と呼ばれた人物が実在しており、その名前は『日本書紀』などにも登場するということは祈美子も知っている。そういう意味で言えば、実在していた人物をモデルにしているとはいえ、他のお伽話の登場人物である「桃太郎」や「金太郎」たちとは、次元もレベルも全く違っている、ということも。

だから、こうやって神社祭神になっていても、全く不思議ではない。だが、ここで問題になるのは、相殿神たちだ。

月読命と、祓戸大神。

月読命はもちろん、伊弉諾尊の禊ぎ祓いの際に、天照大神や素戔嗚尊と共に生まれた神。いわゆる「三貴神（さんきしん）」の一柱であり、その名の通り「黄泉国」を司る男性神といわれている。

だが、普通「月」といえば、世界的に見ても「女性神」だ。それなのに何故、日本の月読命は「男性神」なのだろう？　これも大きな謎だ。

そして、祓戸大神。

これはもちろん、瀬織津姫（せおりつひめ）、速秋津姫（はやあきつひめ）、気吹戸主（いぶきどぬし）、速佐須良姫（はやさすらひめ）の四柱の神々で、みな我々の体から穢れを祓い捨ててくれる神々なのだという。また、この瀬織津姫は天照大神と同一神だという説もある。

そうなるとここで、何故、伊弉諾尊の「穢れ」から生まれた月読神と、その「穢れ」を祓う神々が相殿神として祀られているのかという疑問が湧く。

その理由は簡単で、この土地一帯の領主の祖が、月読命の子孫だというのだ。

ということは、理論的に考えて、浦島太郎も月読命の子孫だという話になる。

ゆえに、この「浦嶋神社」の主祭神である太郎の祖神として、一般的に神社入り口に祀られている「祓戸大神」たちと一緒に、相殿神にいらっしゃると考えれば良い。

また、もう一つ目を惹く話が、この由緒の中に書かれている。

それは、浦島太郎を「筒川大明神」としてこの地に祀ったのは、平安時代に「野宰相」と呼ばれ、毎夜、地獄の閻魔のもとに通っていたという伝説のある、小野篁なのだという。篁は、淳和天皇の勅命を受けて、ここに宮殿を造営したという。

何か不思議だ。どうして、浦島太郎と篁が通じ合ったのだろうか……。

ふと、そんなことを考えていると、

「祈美子さん！」裕香が走り寄って来た。「やはり、中は大変なことになっているわ」

「殺人事件だったんですか！」

「おそらく」裕香は真剣な表情で答えた。「でも、それは私たちの仕事。大変だというのは、本殿が半分以上倒壊してしまって、宝物資料室も全焼してしまったのよ」

「えっ」光昭も驚く。「確かそこには、日本の国にとっても重要な品物が――」

ええ、と裕香も頷いた。

「『浦嶋子口伝記』を始めとする貴重な書物や、『浦嶋明神縁起』などの絵巻物。またその他、神御衣や、数多くの能面。そして、玉手箱も」

「そんな……」祈美子は青ざめた。「全て文字通り宝物じゃないですか。特に能面は、怨霊鎮めの神具……」

すると。

呆然とした祈美子の携帯が鳴った。

普通こんな時は、携帯になど出ない。しかし、チラリとディスプレイに視線を落とせば、彩音からだった。そうであれば、話は別。

「彩音さんからです」と祈美子は言った。「きっと急用だと思います。もしかしたら、裕香さんにも関わりがあるかも知れませんから、ちょっと待っていていただけますか」

と断って、祈美子は通話ボタンを押した——。


祈美子と光昭は、瀬口と裕香に頼んで、天橋立まで戻るパトカーに便乗させてもらった。そして、籠神社手前奥の真名井神社で降ろしてもらう手筈になっている。

というのも、先ほどの彩音からの俄(にわか)には信じ難い話を伝えると、裕香も、

「嘘でしょう！」と叫んだ。「一体誰が、どうしてそんなことを」

「犯人は」と祈美子は冷静に答えた。「貴船神社と伏見稲荷大社で事件を起こしたのと、同じ人物のようです。その彼らが、今回は日本の中心地全てを狙っている」

「本当なの？」

「おそらくは……」

祈美子は曖昧(あいまい)に答えたが、実は薄々そんな感触があった。これほど大がかりな、ま

さに神をも畏れぬ不遜な行為を取れる人間は、彼らしか考えられないからだ。

そのため、とにかく浦嶋神社での鎮魂は裕香に頼み、祈美子と光昭は真名井神社に向かうことにした。祈美子の家は「狐筋（きつねすじ）」。倉稲魂である宇迦之御魂大神ならば、おそらく接触できるはず。そして鎮魂も——。

先ほど、パトカーの手配をしてもらっている間に、

「でも」と裕香は、心配そうな顔で祈美子に訴えた。「祈美子さんたちがいなくて、私一人でそんなことできるでしょうか？」

そこで祈美子は、

「彩音さんが」とつけ加えた。「裕香さんの、亡くなられた身内の方にもお手伝いしていただければ、とおっしゃっていました。ですから、ぜひ」

えっ、と裕香は丸い目を更に丸く見開いた。

「でも私、彩音さんにそんな話はしていないわ。祈美子さんが話したの？」

いいえ、と祈美子は首を振る。

「私も、さっき裕香さんから伺ったばかりですし、お聞きになっていた通り、彩音さんには何一つ」

「じゃあ、どうして分かったのかしら……」

「謎です」祈美子は、表情一つ変えずに答えた。「しかし、私たちの想像を超えた出

来事など、この世には無数に存在しているというのも事実です」

　そこに、パトカーの手配ができたと瀬口が告げに来た。瀬口にしてみれば、祈美子たちは足手まとい。早く天橋立に帰ってもらいたいのだろう。まさに、渡りに船の状況である。

　祈美子は、本殿に向かって一度、強く念を入れて祈ると、

「あとは、お任せします」と裕香に託した。「祭神の浦島太郎は、鹽土老翁神であり、猿田彦大神でもある。これだけ思っていていただければ」

「それらの神様に関して、私何も知らないけど……」

　不安そうに見つめる裕香に、祈美子は言った。

「真名井神社から、私もお手伝いします。あと、亡くなったお兄さまも、きっと心配なさっていらっしゃるでしょうから、よくお願いしてみてください」

「分かりました」裕香は、ゆっくりと頷いた。「祈美子さんたちも、気をつけて」

「ありがとうございます」――。

　そう言って、祈美子と光昭はパトカーに乗り込み、終始無言のまま、今やって来た道を戻っている。

　途中で、祈美子の父・常雄が命を落とした場所も通った。しかし、こんな状況で、

パトカーを停めてもらうわけにもいかないので、そのまま通り過ぎる。

祈美子は、そっと光昭の手の甲に自分の手のひらを重ねて、輝く海を見つめると、

〝お願い、お父さん。一緒にいて。私たちを護って〟

心から祈った。

＊

東京――。

彩音が大急ぎで神田明神に急行すると、辺りは騒然としていた。

倒壊してしまった青銅の鳥居が、正面の参道を塞いで通行止めになっているため、
彩音は少し遠回りして、男坂から上った。

行き交う人々は、鳥居が倒れるなんて一体何があったんだ、そんなに老朽化していたのか、などと口々に話し合っていたが、そんなことが原因ではない。

高村皇たちが、何かを仕掛けているのだ。

彩音は不吉な動悸を抑えながら、総檜二層建て朱塗りの立派な随神門(ずいじんもん)をくぐる。

予想通り、境内はごった返していた。

しかし……。

ぐるりと見回したところ、正面に見える権現造りの社殿にも、社殿脇にそびえる獅子山にも、左手の神札授与所の鳳凰殿にも、右手の神楽殿や明神会館にも、特に異常は感じられなかった。但し、誰もが社殿奥へと吸い込まれるように走っている。

やはり、摂末社だ。そしておそらく、火地の言った——。

と思って、彩音も足を速めた時、そこかしこで大声が上がった。同時に、本殿右手奥から真っ黒い煙が、もうもうと天に昇った。

火事だ！

本殿右手奥というと、やはり竈祖神社！

彩音が走り出そうとすると、今度は本殿左手奥からも火の手が上がった。

あちらは……稲荷神社ではないか！

確か、浦安稲荷神社や、三宿稲荷神社や、末廣稲荷神社が鎮座しているはず。高村たちは、両方狙ってきたのだ。

目を細めた彩音の耳に、

「遅くなりました」

という声が届いたと殆ど同時に、目の前に陽一が立っていた。

うん、と彩音は頷く。

「行きましょう！」

二人は走り出す。このままでは、すぐに消防がやって来て、立ち入り禁止になってしまう。その前に、なんとか社殿まで辿り着かなくては！

彩音は走りながら、陽一に伝える。

グリが佐助と連絡を取り、佐助も京らしき女性を見つけたという。また彩音自身も、栞と祈美子に連絡して、今起こっているこの事件と、どういう対応をしたら良いかを話して、お願いした。そして、紗也に関しては、やはり今から熱田神宮まで行ってもらうのも時間的に厳しいので、走水神社の弟橘媛を通じて、熱田の神様に祈りを届けてもらうことになっている。

「それは良かったです」陽一は頷いた。「こんな時に直接、熱田の神様と対峙したら、彼女はとても受け止めきれないでしょう。下手をしたら命に関わります。それならば、走水で自分の祖先の弟橘媛を通じて祈ってもらった方がいい」

「私も、そう感じたの。かなり状況が切迫してきているみたいだから」

「空気が重い上に、こうしていても体中がヒリヒリします」陽一は同意した。「あと、巳雨ちゃんは宇佐へ旅立ったようです」

「そちらも、心配」

「伶子さんと一緒ですし、本体はこちらにありますから、それほど危険はないと思います。それより、テレビのニュースによると、富士山もそろそろ鳴動し始めたようですからね。地元の人たちも気づいて、怯えていると」

「富士山噴火は、本当に危険」

「危険どころのレベルじゃないです。何しろ、紀元前から噴火を繰り返しているわけですからね。今のところ最後は宝永四年（一七〇七）の、宝永大噴火ですが、この時は江戸の町が火山灰で覆い尽くされてしまったといいます。そして今は何とか収まってくれていますが、決して死火山ではない。また、宝永時はどちらが原因だったのかは分かりませんが、噴火と地震に非常な関連性があったことは判明しています」

「地震があったから噴火が起こったのか、それともその逆だったのかということね」

彩音は答えた。「そして今回、高村皇たちは意図的に地震を起こし続けている。それだけではなく、結界を外して」

「危険度が倍加します。その後どうなるかなど、ひょっとしたら彼らも良く把握できていないかも知れない」

「あの数の活火山が、連鎖的に噴火し始めたらね」

「本当に日本人は、いつ壊れてもおかしくない氷の上で暮らしているんですね。ただ、それに気づいていないのか、気づいていながら見て見ぬフリを続けているのか」

「でも、昔の人はよく知っていた。だからこそ、必死に神祀りを続けてきた。しかし現代では、そんなことも全く――」

　と言ってから、彩音は前方を指差した。

「見て！　やっぱり稲荷神社もやられている。ああ。宇迦之御魂大神たちが騒いでいるわ。こんなに多くの神々に一斉に動き出されたら、手の打ちようがなくなる！」

「とにかく、できる限り近くまで行きましょう」

　陽一は、行く手を塞ぐ人々を弾き飛ばして、彩音のために道を空けた。何をするんだ、と憤って振り返る男たちも、誰の姿も見えないのに突き飛ばされてしまったその状況に啞然とし、その隙を縫って彩音は走り抜けた。

　そして、どうにか籠祖神社まで近づくと、背後の林の中から、

「ケン……」

　という鳴き声が聞こえた。

　彩音と陽一は、ビクンと立ち止まる。

　木立の中を覗き込めば、そこには一匹の美しい白狐の顔がチラリと見えた。

「朧夜……」

　磯笛が、自分の娘のように可愛がっている女狐だ。

「ということは」彩音は木立の中を睨んだ。「磯笛。そこにいるのね」

　すると、大きな杉の木の向こうから、深い闇のような黒髪、妖しく白い花のような横顔の磯笛が、ゆっくりと姿を現した。

彩音は、わざと人だかりを避けるように、磯笛を睨みつけたままで籠祖神社から距離を取った。磯笛も視線を外すことなく、背後の朧夜と共に、ゆっくり移動する。そして、社務員や消防隊員から離れた木立の前で、彩音たちは対峙する。

「また、お会いしましたね」磯笛は、わざと困ったような表情で言った。「全く、何を考えているんだか」

「それは、こっちのセリフよ」彩音は目を細める。「あなたたちは、一体何をしたいの？」

「何でも良いじゃないですか」磯笛は眉根を寄せた。「どっちみち、もうすぐ終わりです。全てが」

「何だと！」陽一は叫んだ。「全てが？」

「あなたは関係ないでしょう」磯笛は嗤った。「生あるもの、全てが終わりという意味よ。宇佐が全壊して、嚴島が崩落して、天橋立が水没して、松島が焼失して、そしてここ神田明神が瓦解してしまえば、日本国の中心の結界が外れます。そうすると、富士山を始めとする、数多くの活火山が噴火する。結界に封じ込められていた火山たちは、その時を今か今かと胸躍らせて待っている」

「あなたたちは」彩音は再び尋ねた。「この国を壊して、その先どうするつもりなの！　まさか、もう一度新しく造り直すと言うつもりじゃないでしょうね。そこまで国土を破壊してしまったら、二度と再び、現在のような日本は造れない」

別に、と磯笛は冷ややかに彩音を見た。

「造り直そうなどという気持ちは、ありません」

「じゃあ、どうするの。国土がなくなってしまったら、あなたたちだって生きて行かれないでしょう」

「私は、この朧夜を連れて、高村さまと共に地獄へご一緒させていただこうと思っています。何しろ高村さまは、あの閻魔とお知り合いですから」

それでも！ と彩音は言う。

「地上がそこまで破壊されて、地獄もただじゃすまないはずよ。あなたや高村皇の言っていることが、全く理解できない」

では、と磯笛は彩音と陽一を見た。

「直接、お尋ねになられてはいかがですか」

「え……」

「高村さまは、もうすぐここにお見えになるはずですから」

「何ですって……」

「しかしその時こそ、あなたたちの、いえ、この国の最期でしょうけれど」

磯笛は、高く笑った。

＊

宇佐――。

巳雨の「念」を乗せた伶子は、宇佐神宮に到着すると、大きな朱塗りの宇佐鳥居をくぐった。

「あっという間だったでしょう」

笑いかける伶子に巳雨は、

「うん」と答える。「おばさん幽霊さん、凄いね」

「別に私だけが凄いわけじゃないのよ。誰にでもできるわ。それでも、さすがに一人で飛ぶのと違って、これでも少し時間がかかった方よ」

「そうなんだ」と巳雨は頷いて、境内を眺める。「ここは広いね。どれくらいあるのか、想像がつかない」

「正確な広さは知らないけれど、とにかく、一度訪れただけでは宇佐の歴史の入口にも辿り着けない、と言われているようね」

ふうん、と巳雨は辺りを見回す。

「でも、こうして見てると、生きてる人たちだけじゃなくて、色々な『人』たちが歩いてるんだね。巳雨も今まで少しは見えてたけど、想像以上」

「特に、こういった神社の境内や杜（もり）の中はね。『良い人』も『悪い人』も大勢いるわ。『気』が充実しているから、たくさんの霊が集まってくるの」

「パワースポット、っていうやつ？」

そういうこと、と伶子は頷く。

「但し、パワーは間違いなく存在していても、果たしてそれが『良い気』なのか『悪い気』なのかは、人間たちには分からないようだけど——。さあ、まず神様にご挨拶しましょう」

「うん」

と答える巳雨を連れて、伶子はまず、摂社・宇佐祖（うさそ）神社に向かった。

ここは夏の御神幸祭で、三神の御旅所になる社であり、普段は「頓宮（とんぐう）」と呼ばれているが、ここには火地の話に出てきた宇沙都比古命が祀られている。神武天皇のために「一柱騰宮（あしひとつあがりのみや）」を造営した——正確に言えば、殺害されて祀り上げられた神だ。

巳雨と伶子は、そっと祈る。

「今まで何も知らなくて、ごめんなさい」巳雨はペコリと頭を下げた。「巳雨、これから一所懸命に勉強するから、許してください」

二人は次に、武内宿禰が祀られている黒男（くろお）神社、筒男（つつのお）三神が祀られている住吉神社、須佐之男命が祀られている八坂神社、八幡大神が祀られている大尾神社と回る。

　すると巳雨が、

「ねえ、おばさん幽霊さん」と伶子に尋ねた。「参拝してる人たち、みんな四回拍手してるよ」

「ここ宇佐神宮では、二礼四拍手一礼が正式な参拝方法とされているからなのよ」

「普通は二拍手だよね。でも巳雨は、何回も拍手しちゃうけど……」

　そうね、と伶子は笑った。

「それでも良いのよ。だって『二礼二拍手一礼』っていうのは、明治時代になってから決まったことだから」

「そんなに新しいんだ！」巳雨は驚く。「じゃあ、昔は自由だったの？」

「その神社によって、さまざまだったようね」

「なあんだ。そうだったんだね」

　と笑った時、二人は上宮本殿に到着した。

「市杵嶋姫命さまだね」巳雨は、嬉しそうに微笑む。「でも、どこにいても姫さまが近くにいる気がするよ」

「巳雨ちゃんは、市杵嶋姫命と何度もお会いしているからよ。日本各地で、姫命を祀っている神社も多いし」

と伶子は言って、

「何、あの人は――」と、社殿裏を見通した。「あそこで何をしているの」

巳雨も伶子の指差す方を見る。すると二之御殿の裏側、おそらく一般の人たちからは見えない場所に、一人の男がうずくまっていた。青黒い顔で、小柄なのに丸々と太った体型。まるで、ガマのようだ。しかも、その男の手にはオイルライターと藁（わら）の束が握られ、今まさにライターの蓋（ふた）を開けたところだった。

「社殿に火をつけようとしてるんだ！」巳雨は叫んだ。「しかも、市杵嶋姫命さまのお家に。早く止めなくちゃっ」

「私たちには」伶子も顔を引きつらせた。「実体がないから、直接手を取って止めることはできないかも知れないけれど、とにかくできるだけやってみましょう！」

「うんっ」

「巳雨ちゃん、私と手を繋いで。いえ、大丈夫よ、そういう意識だけで」

二人は手を取り合うと、そのガマのような男に近づき、念を送りながら、男にまとわりつく。

すると男も、見えない何かを感じたのだろう。キョロキョロと辺りを見回した。そして、巳雨たちに気づいたのか、

「邪魔だ」と言った。「消えろ。低劣な霊ども」

「止めなさいよ！」巳雨は、男の心に届くように大声で叫んだ。「そんなことしちゃ、ダメーッ」

「ふん」

男はその声を無視すると、藁束に火をつけた。ボウッ、とオレンジ色の炎が上がる。参拝者も神職も、誰一人として男の行動に気づいている様子はなかった。

男が社殿の柱の根元に火のついた藁束を置くと、柱から黒い煙が上がり始めた。

「ダメよーっ」

巳雨は泣きそうになって、男の腕を引っぱったが、もちろん何もつかめない。伶子も、男にまとわりついて邪魔をした。

すると突如、男は右手の平を立てると、

「ひふみよいむね。こともちろらね。しきるゆいとは。そはたまくめか！」

蟇目真言を唱えた。

あっ。

巳雨は、体に強い衝撃を受けて弾き飛ばされた。

伶子と繋いでいた手も離れて、大きな杉の木の根元まで転がった。見れば伶子も、声を上げて一之御殿裏まで飛んでいった。

巳雨は立ち上がろうとしたが、体全体が痺れたままで動けない。

「ダメだってば……」

男に向かって、弱々しく叫んだが、どうしようもない。

「彩音お姉ちゃん……助けて……」

＊

神域――。

その言葉は、この神社のために存在しているのではないか。

心からそう思わせるほど、空気は高潔で透徹で、しかも清楚だ。

元伊勢籠神社の奥宮・真名井神社の鳥居前で、祈美子は改めてそう思った。いつ訪れても、こうして周囲の竹林からは涼やかな風が流れ、その葉擦れの音以外、耳に届くものはない。

しかし。

今は、何と騒々しいのだろう。

鳥居崩壊と、駐車場での殺人事件と、社殿破壊。それだけでも不敬極まりない話なのに、更に社殿背後の境内奥に鎮座している豊受大神、天照大神、鹽土老翁神などの磐座にも、人工的な亀裂が入っていたという。

その話を聞いて、祈美子の全身は怒りで震えた。我々人間が、近づくことさえ畏れ多い御神体に、傷――？

遅かれ早かれ、犯人には神罰が当たる。それは間違いないのだが、問題は、神がどれほどお怒りになっているかだ。果たして、罰を当てるのが当人一人で済むのか、それとも御供として一千人の命を欲するのか。まさに「神のみぞ知る」ところだ。

だが、とにかく今は――。

少々距離が隔てられているが、仕方ない。

祈美子は鳥居手前の、注連縄と紙垂が飾られている大きな磐座から湧き出てくる、天の真名井の御神水に触れた。これは、海部家祖神の一柱である、天村雲命（あめのむらくも）が天上から持ち帰った御神水だと伝えられている。

真夏だというのに、手のひらが引き締まるほど冷たく、その感触に辺りの喧噪が遠く引いて行くように感じた。

祈美子は光昭と二人、その磐座の脇に立ち、祈りを捧げる。その相手の神は、もちろん彦火明命――饒速日命。

公には、真名井神社下宮ともいわれる籠神社の祭神も、彦火明命。しかし籠神社に行ってみれば分かるように、本殿屋根の千木（ちぎ）は、内削ぎの女千木。載っている鰹木は十本で偶数。

つまり祭神は、女性神ということになる。しかも本殿背面には、真名井神社祭神が出入りされたという扉が設けられている。

つまりこれは、真名井神社にいらっしゃった彦火明命が、夜毎、山を下って籠神社へと通われたという話だろう。

真名井神社はもちろん男千木、鰹木も奇数本で男性神だから、籠神社の祭神は女性神であり、おそらくその女性神は、天照大神か、あるいは市杵嶋姫命……。

だが、今はそれを追及している時ではない。少なくとも、ここ真名井神社の祭神は彦火明命で間違いないのだ。

そこで祈美子は、

〝饒速日命さま。現在、あなたの后神であった市杵嶋姫命のもとへも、何人かの女性が伺って、祈りを捧げているはずです。ですから命も、私たちのためにお力をお貸しください。そして、あなたの名づけた『日本』という名のこの国を、どうかお護りください〟

一心に祈った。

9

松島湾を見下ろす断崖の上に立ち、怪しげな動作を繰り返している男の姿を横目で見つめながら、佐助は京に説明する。

今、この国の各地で起こっている数々の災害は、高村皇という魔界の男の命令によって、彼の部下たちが引き起こしている。天橋立もそうだし、嚴島もそうだし、もちろんここ松島も。

だから、これをこのまま見過ごしていては、確実に日本の国が破滅する。そこで自分たちは、それを何とか食い止めようと戦っており、その中にはもちろん、四宮雛子もいる――。

その話を聞いて啞然とする京に向かい、更に佐助は続けた。

鹽竈神社や御釜神社の、鹽土老翁神の話。

志波彦神社の、志波彦大神の話。

嚴島神社や宇佐神宮の、市杵嶋姫命の話。

それらの神々をどうにかして鎮魂しようとしている女性たちの話。そのためにはぜひとも京に協力してもらいたい。これは、雛子からの頼みでもある――。

「でも」と京は力なく首を振った。「私には、きっとそんな力はない」

「そんなことないぞ」佐助は京を見た。「あの、バアさん先生が言うんじゃからな。あのバアさんは口と態度は悪いが、結構まともなことを言う」

　ふっ、と微笑む京に佐助は畳みかけた。

「そもそもあんただって、あ奴が怪しいと感じて、ここまで後を追って来たんじゃろう。だからきっと、そういう力を持っておる」

「そうですか」と京は素直に頷いた。「鹽竈神社の境内でチラリと見かけた時、背中がゾクリとした」

「そしてあんたも、あ奴が志波彦神社の鳥居を壊した場面を、目撃したろうが」

「見たわ。でも、あの鳥居があんな簡単に壊れるなんて、信じられなかったけれど」

「それが、魔界のモノの力なんじゃ。普通の人間ではない証拠だな」

「……分かりました」京は首肯した。「それで……あの男は、さっきから一体何をしているの？」

「わしも疑問に思っていたんだが、やっと気づいた」

「え？」

「あ奴の手にしているのは『塩盈珠（しおみつたま）』と『塩乾珠（しおひるたま）』じゃ」

それは、と京は目を丸くして佐助を見つめた。

「海神（わだつみ）の神宝！」

「そうじゃよ」佐助は、真剣な眼差しを返す。「鹽土老翁神に導かれて海神のもとへ行った山幸彦が、彼から手渡された神宝じゃわい。塩盈珠は海の水を溢れさせ、塩乾珠は逆に水を退かせる。あの二つの神宝のおかげで、山幸彦は海幸彦を屈服させたという神話が残っておるが、まさにあれこそがその珠」

「でも、あの男は、その神宝を手にして一体何を……？」

「わざと、海神を怒らせとるんじゃ。さっきから海神が、その宝を返せ返せと叫んでおる。あんたにも、聞こえるじゃろう」

「この酷い耳鳴りが、その声だったのね」

「そういうことだ。わしも、頭が割れそうじゃわ」

佐助は、大きく顔をしかめると続けた。

「だから、その海神の怒りで、あの大きな竜巻が起こった。鹽竈神社を破壊し、鳥居を壊して結界を解き、さらには弁天堂にまで火を放った」

「福浦島の――」

「そうじゃ。奴らは、ただ手当たり次第に何でも破壊しとるわけではない。きちんと、それぞれの急所を狙って来とる。おかげで松島は、こんな悲惨な状況に陥った」

「じゃあ、あの男がこの全ての原因を作ったのね！」

「そういうこと――」

という佐助の言葉が終わる前に、

「許さない」

京は、顔色を変えて立ち上がった。

「竜巻が、そして神社の随身門を崩落させた犯人があの男ならば、何があっても許せないっ」

「こっ、こら、おまえ――」

制止を振り切って、猛然と走り出した京の後ろを、佐助も追う。だが、あっという間に京は、男のすぐ背後に立っていた。

男もその気配に感づいて、ゆらりと振り向くと、背すじがゾッとするような冷たい視線で京を見た。

「何だ……」

しかし京は、きつく呼びかけた。

「あなたは、そこで何をしているのっ」

「俺に、何か用なのか」

「質問しているのは私。先に答えなさい。一体そこで、何をしているのかを」

しかし男は、薄笑いを浮かべた。

「俺の勝手だ」

「ふざけないで」京は、キッと男を見据えた。「鹽竈神社と志波彦神社を壊したのは、あなたね。そして、この松島の島々に火を放ったのも」

「ほう……」男は陰険な眼差しで京を見た。「良く分かったな。全部、俺がやったんだが……それが、どうかしたか」

「親しかった男の子が死んだ。そして彼の母親も。鹽竈神社の、随身門の崩落に巻き込まれて」

「それは可哀想だったな」男は笑った。「しかしこれから、もっと大勢の人間が死ぬだろう。おまえたちはもちろんだが、この俺の命だって危うい」

と男が言った時、
ドオン……。

という大きな音が辺り一面に響き渡り、大地が激しく揺れた。

何が起こったのかと、京や佐助が辺りを見回すと、鹽竈神社の辺りに大きな煙が立ち上った。

「これで、鹽竈神社と志波彦神社も完全に壊れた」男は微笑む。「大したこともなかったな。だがこれで、鹽土老翁神と志波彦大神の大怨霊たちも解き放たれたというわけだ。後は、自由に暴れ回ってもらえば良い」

「あなたは、これ以上の災害を引き起こそうというの！」

「何を言ってるんだ、おまえは。本当の災いは、これからだ。地獄への、まだほんの入口に過ぎない」

男は嗤うと、湾の遥か沖を見た。

「そろそろ、海神が怒り出したな。鹽土老翁神と、あいつが本気で怒ったら、この地は一体どうなるんだろうな。とても楽しみだが、それを見届けている時間もないのが残念だ。それに、巻き込まれるのもゴメンだ」

「その珠を」京は、一歩進み出た。「返しなさい」

「何だと」男は、呆けたような目つきで京を見た。「何を言ってるんだ、おまえ」

「手に持っている塩盈珠と塩乾珠を、今すぐ海神に返しなさい。海に投げ入れて！」

ほう、と男は探るような眼差しで京を見た。

「これが、山幸彦の宝だと、良く分かったな」

「だから、返しなさい。今、海に投げ入れれば、まだ間に合うわ」

「バカなことを」男は再び大きな口を開けて笑った。「おまえは、すぐ家に帰れ。そして、念仏でも真言でも唱えて、静かに死を待っていろ」

「返すのよっ」

京は大声で叫ぶと、男に向かって飛びかかった。

しかし、男の動きも素早かった。京の突進をかわすと同時に、自分の右足で京の脛(すね)を払ったのだ。

「あっ」

その一撃でバランスを失った京の体は宙に浮く。

そして、頭から松島湾へと落下していった。

＊

嚴島神社。弥山の大きな揺れが収まると、栞は御山神社の社殿中央、市杵嶋姫命の前に跪(ひざまず)いた。

〝先日は、私たちの命懸けのお願いをお聞き届けいただき、ありがとうございました。おかげさまで、この島も、そして大鳥居も無事でした……〟

栞は、一度深呼吸する。

〝先日も申し上げましたように、私は今まで殆ど何も知らずに生きて参りました。しかし、今回のことで市杵嶋姫命さまに関しても、改めて勉強させていただきました。私などの想像を超える、とても辛く悲しい思いを抱かれていたことも……〟

社殿背後の磐座を囲むようにそびえている木々が、ザワザワと音を立て、地面も軽く揺れた。

「大丈夫か、栞ちゃん」

後ろから心配そうに声をかけてくる武彦に栞は、無言のまま頷いて続ける。

〝今までは、両親に言われるままに今伊勢神社をお参りしていました〟

前回も——というより、いつもそうなのだが、栞は故郷であるここ宮島に帰ってきた時には、必ず最初に要害山(ようがいざん)に鎮座している今伊勢神社に参拝し、その後、改めて嚴島神社にお参りしていた。

〝でも、今伊勢神社には、興津彦命(おきつひこ)・興津姫命——荒神(こうじん)さまや、竈神(かまどがみ)さまの他にも、天照大神や素戔嗚尊や猿田彦大神もいらっしゃったのですね。そして、もしかすると、この竈神さまは、鹽竈神社の鹽土老翁神にも通じていたのかも知れません〟

ぐらり、と大きく弥山が揺れ、

「うわあっ」と声を上げて、武彦は杉の木につかまった。「栞ちゃん、平気か！」

その声に栞は、再び無言のまま頷く。

大丈夫——。

市杵嶋姫命の息吹を、これほど近く感じているのだから。

〝市杵嶋姫命さま〟栞は続ける。

〝この島は昔、我々人間などが上陸することすら許されませんでした。それなのに市杵嶋姫命、つまり宇迦之御魂大神であり、稲荷神——稲の神が祀られているのはおかしい、というまことしやかな説が流布された時期もありました。しかし私はようやく、それらが大きな誤りであることを教わりました。つまり『稲荷』は『鋳成り』で、産鉄神であったことを。その証拠にこの島には『多々良(たたら)潟』という名の浜も実在しています。だからこの島でも、やはり産鉄が行われていた。そこで、稲荷神と親しい市杵嶋姫命さまが祀られたんですね。でも、それ以前に——〟

栞の頬を、大粒の涙が伝った。

〝当時の朝廷の命によって、市杵嶋姫命さまは無理矢理、この島に閉じ込められてしまった。『日本書紀』に書かれているように、まさに『天孫の為に所祭(いつかれよ)』——と〟

ゴオッ、という激しい風が走り、大きな木々が幹ごと揺らぐ。栞ちゃんっ、という武彦の声を背に、栞はボロボロと涙をこぼしながら、ひたすら祈る。

〝申し訳ありませんでした。もう、遅いのかも知れません。でも、許されるのであれば、これからきちんと学びます。そして、島のみんなと一緒に、市杵嶋姫命さまを鎮魂させていただきます。ですからどうか、どうか今一度、お鎮まりください〟

平伏する栞の頬を伝う涙が、いくつもいくつも弥山の土の上に落ちた。

＊

神田明神の彩音は、体の芯から暗黒を感じた。

背骨の中を、氷水が通り抜けて行き、頭からつま先まで粟立つ感触。宮島で経験した、あの嫌悪感——。

磯笛の言葉通り、高村皇がやって来たのだ。

「陽一くん。一旦、退きましょう」

彩音は言って、陽一も頷いた。

もしもこの場で何か起これば、籠祖神社や稲荷神社のみならず、周囲の人々にまで危害が及ぶ。もっと安全な場所に移った方が良い。

しかし、裏参道の長い石段手前で、彩音と陽一の足は止まった。一歩も進めず、身動きが取れない。

高村皇だ。

彩音は一度目を閉じると、大きく深呼吸する。

そして口の中で、

「天切る、地切る、八方切る、天に八違い、地に十の文字、秘音、一も十々、二も十々、三も十々、四も十々、五も十々、六も十々、ふっ切って放つ、さんびらり……」

魔祓いの呪文を唱えた。すると、

「今さら、何をなさっているの」先回りしていたのだろう、木立の中で磯笛が笑った。「そんな寝言で、ご自分の身を護れるとでも？」

もちろん、高村の力は防ぎきれないのは承知している。しかし、彼の周囲にまとわりついているであろう、次元の低い悪霊は追い払うことができる。そんなことを思っていると、

「高村さま」と磯笛が頭を低く下げた。「このような場所まで」

彩音と陽一は、ビクリと視線を移す。

するとそこには、漆黒の和服に身を包んだ大柄な男が立っていた。

無表情な白面、耳まで隠れるほどの長さの黒髪、筆で描いたような黒い眉、涼しげな一重の目と長い睫、高い鼻と、血の色をした薄い唇。絵のように整った顔立ちの男だ。但し——暗い念が、体全体を何重にも覆っている。

「あなたが……」彩音は静かに尋ねた。「高村皇……」

体が震えた。高村は「神」ではないはずだが、まるで神と対峙している時のように、全身が強張るような緊張感。

しかも、実体が感じられない。目の前に立っているはずなのに、夢の中で会っているような感触だ。この男は、本当にここにいるのか――。

「私が、この場所にいようがいまいが」

高村は、彩音の心の中を読んだかのように口を開いた。地の底から響いてくるような声だ。

「どちらでも良いこと。所詮人間は、死ぬまで自分の造った勝手な夢の中で生きてゆくだけだ」

「あなたに尋ねたいことがある！」

彩音は高村の言葉を無視して、自分を鼓舞するように大声で尋ねた。

「何故あなたは、この国を壊そうとするの？　何故、日本の国土を蹂躙(じゅうりん)するの。その理由は何なの！」

しかし高村は、冷たく言い放つ。

「去れ」

「答えて！」彩音は震えながらも、更に問いかけた。「私たちは、この土地で生きている。その場所を破壊されて、去れとは何事」

おまえは、と高村は彩音を見た。

「神を祀ったことがあるか」

「えっ」虚を突かれて、彩音はうろたえた。「も、もちろん、あるわ」

「では訊くが、神はあのような物を欲しているのか」

「あのような物？」

「絢爛豪華な社殿、大きく立派な鳥居、太く強固に編み込まれた注連縄、風に揺れる白い紙垂――。これらは全て、神を封じ込めるために作られた物ではないのか。本心から神を敬うのならば、全て必要ない」

「え……」

「祀り上げる、という言葉を知っているはずだ。これは、神を山の上に追い立て、麓に下りて来たならば打ち殺すぞ、という脅しだ」

「それは……」

「事実、嚴島の市杵嶋姫もそうではないのか。天孫のために『所祭』とは、何と不遜な言葉だ。そして不敬な仕打ちだ」

でも！　と彩音は反論する。

「私たちは、神を敬っている。その気持ちに、嘘偽りはない」

「地上に線引きをして結界を張り、そこから一歩でも足を踏み出したなら打ち殺すと宣言することが、神を敬うことなのか」

「いえ……」彩音は、混乱しながらも答える。「それでも、人々は神を愛し、共に生きてきた！」

「おまえの言う通りだ」

「えっ」

突然の同意に戸惑う彩音に向かって、高村は言う。

「この国は神々——鬼や怨霊たちの国だ。そして、彼らが引き起こす地震や火山の国だ。それが、日本だ」

「怨霊たちの……国」

「だが、今や人々は、その事実を忘却、あるいは黙殺し、この世でしか通用せぬ現世利益だけを追って生きている。神を敬うと言いながら、実はただ利用しているだけだ。もしも本当に神を愛しているのならば、解き放つべきではないのか。愛する者には、自由を与えるというのが、真実の愛ではないのか」

「それが……あなたの言う、本当の日本……」

「我々は、そろそろ立ち返らなくてはならない。そして、怨霊と共に生きるべきだ」

怨霊と共に……生きる。

彩音が言葉に詰まっていると、

「磯笛」と高村は呼んだ。「嚴島と天橋立、それに我が祖先の造営した浦嶋神社の反応が鈍いな」

「申し訳ございません」磯笛は、低く頭を垂れた。「こやつらの仲間が、邪魔立てをしているものと思われます」

「良いだろう」高村は言う。「どちらにしても、松島と宇佐とここが壊れれば同じこと。富士は噴火する」

「止めて！」彩音は叫ぶ。「お願いだからっ」

しかし高村は、氷のような表情で彩音を、そして陽一を見ながら、手のひらを地にかざした。

「オン・サラバ」

高村の言葉と同時に、地面が大きくグラリと揺れた。

*

松島湾目がけて京の体は、一直線に落下する。

渦巻く青い海と白い波頭が、まるでスローモーションの映像のように、京の目の前に迫る。

このまま死ぬ――。

京は思った。

そういえば、ずっと昔から心のどこかで感じていた気がする。

きっと自分は、松島湾の波に呑まれて死ぬんだ、と。一つも根拠はない。ただ何となく、そう思っていた……。

でも！

私は構わない。

それでも、松島は。私の故郷は。

あんな男に、壊されたくはない。

雄太を殺した、あの不吉な男に。

絶対に許せない！

〝鹽土老翁神さま。そして志波彦大神さま〟

目を閉じて京は祈る。

〝私は今まで、真実に気づくこともなく、ただお参りしていました。でも最期になって、ようやくさまざまな事実を知りました。お許しください。そしてこれが、私の最後のお願いです。あの残忍な男の手からこの土地を、美しい松島をお護りください！〟

京が目を開くと、海は目前だった。

このまま頭から、海へと入るのか。いや、これほどの高さならば、水に入った瞬間に頭の骨が砕けるかも知れない。
〝母さん……〟
京は再び目を閉じた。
すると。
ふわり、と京の体が止まった——ような気がして、
目の前に白い和服に身を包んだ老人の姿が見えた。
風になびく長い白髪、やはり長い白い口髭と顎鬚(あごひげ)。
ああ。
鹽土老翁神だ。
死ぬ前に姿を見せてくれたのだ。
京は直感的に、そう確信した。
それとも、ただの幻覚か。
しかし、
〝わしの、子孫か〟
その老人は尋ねてきた。
驚きながらも京が頷くと、
〝確かに、そのようだな……血を引いておる〟

老人は目を細めた。

〝先ほど、少しだけ時間を戻せるならば自分の命はいらぬ、と祈った娘だな〟

京は再び無言のまま首肯する。

〝では、その命を懸けてこの地を救え〟

そう言い残して、老人の姿は京の目の前から消えた。

京は目を固く閉じる――。

やはり、最期の幻覚――。

京は、ふっと目を開く。

ここはどこ……？

一瞬、辺りを見回すと、
ほう、と男は探るような眼差しで京を見た。

「これが、山幸彦の宝だと、良く分かったな」

「だから、返しなさい。今、海に投げ入れれば、まだ間に合うわ」

「バカなことを」男は再び大きな口を開けて笑った。「おまえは、すぐ家に帰れ。そして、念仏でも真言でも唱えて、静かに死を待っていろ」

「返すのよっ」

京は大声で叫ぶと、男に向かって飛びかかった。

しかし、男の動きも素早かった。京の突進をかわすと同時に、自分の右足で京の脛を払おうとした。

だが――。

まるでそれを予測していたかのように、京は男の足をかわす。そして、そのまま男の胸元に飛び込むと、手から塩盈珠と塩乾珠をもぎ取った。

「こいつっ」

後ろを向いて走り出そうとした京の腕を、男は思いきりつかむ。二人は断崖の上でもつれた。

「危ないぞっ」

佐助が大声で叫んだ時、二人の体は、揃ってバランスを崩した。

足元の土が崩落する。

「うわあっ」

男は大声を上げ、二人の体は、もつれ合ったまま松島湾へと落下して行った。

「あんた！」

青ざめた顔であわてて駆け寄った佐助が、崖の上から松島湾を覗き込む。

すると、ほぼ同時に遥か下方で、大きな音と共に白い波しぶきが二つ上がった。

＊

神奈川県、横須賀市。

涙川紗也は、昼下がりの走水神社の社殿前にいた。

この神社は、日本武尊の身代わりとなって、荒れる海に身を投げたという、弟橘媛をお祀りしている。

その辺りのさまざまな話を、ついこの間、辻曲彩音たちから聞かされた。弟橘媛に関する事実は、一般に伝えられている物語とは大きく異なっているのだと。

また、境内奥に建てられている石碑に刻まれた、

さねさしさがむのをぬにもゆるひの
　ほなかにたちてとひしきみはも

――さねさし相武の小野に燃ゆる火の
　火中に立ちて問ひし君はも

という媛の辞世の歌に関しても、やはり誤解があるのだと知った。この中には、大きな秘密が隠されていると。

だから当然、東郷平八郎元帥や、乃木希典大将らの言う「日本婦女子の鑑」という言葉も、真実からほど遠いのだ——とも。

しかし今は、そんなことは良い。

彩音に頼まれたのだ。この国のために、一心に祈って欲しいと。

そして紗也は、弟橘媛の子孫。

だから、必ずや神はこの願いを聞き届けてくださるはず。

〝弟橘媛さま。いえ、この神社にいらっしゃる神様〟

紗也は祈る。

稲荷神社の、豊受姫命と宇迦之御魂神さま。

水神社の、水神さま。

別宮の、弟橘媛さまと共に殉じた女神さま。

〝お願いです。私たちをお護りください〟

そう強く祈った時。

紗也の上に、何かが降ってきたように感じた。

それはきっと、海の水。

しかし、とても暖かく体を包みこんで、紗也の目からは、わけも分からず涙が溢れてくる。

何なのだろう、この気持ちは。

まるで、荒れる海に飛び込まれた媛さまにお会いしたかのよう。

それはきっと、冷たい海だったのだろうけど、でも今、紗也を包み込んでいるのは、暖かい波……。

紗也は涙を拭うと、再び強く強く祈り続けた。

＊

大きく揺らぐ地面の上で、彩音と陽一は体を竦めた。神田明神境内も悲鳴で埋まり、延焼している社殿の炎も、一層高く夕空に舞い上がった。

「止めてっ」彩音は高村に向かって叫ぶ。「そんなことをしちゃ、いけない！」

しかし高村は、冷静な顔で地面に手のひらを向けたまま、

「オン・シチュリ・キャラロハ・ウンケンソワカ――」

と何度も繰り返す。

更に大地が、ぐらりと揺れた。まるで、地面の下の大きなナマズが蠢いている。そ

んな不気味な震動が、彩音たちに伝わってきた。

「よせっ」

陽一は叫ぶと、高村めがけて飛びかかろうとした。しかし、高村は印を結ぶと、

「オン・サラサラ・バザラハラキャラ・ウンハッタ！」

と唱え、陽一は「うわあっ」と弾き飛ばされる。

それを見て高村は、

「人ではないモノがうるさい。一足先に、地獄へ行くがよい」

と言うと、印を結び直し、

「オン・ソンバ・ニソンバウン・ギャリカンダ・ギャリカンダウン・ギャリカンダハヤウン――」

降三世辟除（ごうさんぜびやくじょ）を唱えた。陽一は地面に吸いつけられたように身動きが取れなくなる。

「陽一くんっ」

彩音は叫び、高村を睨んだ。すると高村は、磯笛をチラリと見て一言「殺せ」と命令する。

その言葉に「はっ」と磯笛は答えると、彩音を木立の陰に引っ張り込む。物凄い力だった。若い女性――いや、人間の力ではない。そして、いきなり首を絞めてきた。

彩音は息が止まり、あっという間に目の前にチカチカと星が輝き始める。

彩音は驚いて、磯笛を見つめる。すると、磯笛の左目の中に、ニヤリと笑う吒枳尼天の顔が見えた。

そうか。磯笛の心の半分は、吒枳尼天と化してしまっているのだ。人間の心臓を食らって生きる悪鬼――。

一方、陽一も全く動けない。

それどころか、少しずつ手足が地面に吸い込まれて行く。

「陽一……くん……」

薄れてゆく意識の中で彩音が陽一の姿を眺め、そして自分の目の前では吒枳尼天が舌なめずりをする音が聞こえたように思えた時、

ゴンという大きな音が響いた。

「ぎゃあっ」

突然、磯笛が叫び声を上げると、彩音の首から手を放した。そして地面に転がる。

彩音は、ドッと流れ込んで来た空気にむせた。

一体何事が起こったのかと、涙ぐんだ目で磯笛を眺めると、吒枳尼天の棲む彼女の左目に何かがぶつかったようだった。

磯笛は、両手で左目を押さえて、苦痛に呻きながらうずくまっている。しかも、押さえた指の間から、大量の赤い血がしたたり落ちている。

何がどうなったのか……。

彩音が、よろよろと近づくと、地面に白い物が転がっていた。

〝あれは！〟

佐助の作ってくれた、狐の面ではないか。

しかも、その面に向かって「ウウッ」と牙を剝いて嚙みつこうとした朧夜は、逆に「キャッ」と大きく弾き飛ばされ、太い杉の幹に思いきり体を打ちつけた。

見れば磯笛も、必死に起き上がろうとしていたが、体がブルブルと震えたまま身動きが取れず、

「ガッ」

と血を吐いて、再び倒れ伏してしまった。そして、ピクリとも動かなくなった磯笛の体が、ビクンと大きく痙攣する。

「あっ」

彩音は目を見張った。

磯笛の左目から「キキキ……」という笑い声と共に、吒枳尼天の姿が抜け出たのだ。そしてその手のひらの上には、丸くぼんやり輝く光の玉が載っている。

磯笛の魂だ！

それを見た朧夜が「ケン！」と吠えると、吒枳尼天に嚙みつこうとした。しかし、

もちろん相手にならない。片手で軽く弾き飛ばされた朧夜は「キュン」と小さな声を上げると、磯笛の体の上に重なるようにして倒れた。

そして吒枳尼天の手のひらの上には、二つの丸い魂が載っていた。朧夜も、一瞬で命を失ったのだ。それを舌なめずりするように眺めると、吒枳尼天の姿は木立に吸い込まれるようにして消えていった。

呆然とその光景を眺めていた彩音の耳に、

「お姉ちゃーん!」

という声が聞こえた。

えっ、と彩音は振り返る。

巳雨だ!

確かに巳雨が、大柄な女性――克美さんに手を引かれて、こちらに向かって走って来ている。

「巳雨っ。どうしてここに?」

「遅くなっちゃって、ごめんなさい」

「そんなことは良いのよ!　それよりも、宇佐は?　宇佐神宮は、どうなったの」

うん、と巳雨は大きく頷いた。

「変なガマガエルみたいな男が、市杵嶋姫命さまのお家に火をつけようとしてたの。

だから、巳雨たちで止めようとしたんだけど、弾き飛ばされた。でも、一所懸命に神様たちにお願いしたら、市杵嶋姫命さまと、素戔嗚尊さまが助けてくれた」

「市杵嶋姫命と、素戔嗚尊が？」

「だって巳雨、姫さまと仲良いんだもん。それに、ガマと姫さまじゃ、姫さまの方がずっと偉いんだって」

それはそうだろう。市杵嶋姫命と素戔嗚尊は、龍神。位が違う。社殿に火をつけて市杵嶋姫命を解き放ったのは良いが、巳雨の報せで、その男は市杵嶋姫命たちの罰を受けたというわけらしい。

「でも、巳雨はどうしてここに？」

「おばさん幽霊さんに連れられて家に帰ったら、今度はばあちゃん先生が待っていてくれて、早く神田明神に行きなって」

「克美さんは？」

「やっぱり心配だったので、戻って来ました」

「それで車に乗せてもらったんだけど」巳雨は言う。「そうしたら、ばあちゃん先生が、お守りだから、お面も持って行きなって渡してくれたの」

「それを投げつけて、助けてくれたのね」

「でもね、巳雨も必死に投げたんだけど、それ以上に凄い勢いで飛んで行ったんだよ。まるで円盤投げの選手になったみたいだった」

これも、市杵嶋姫命だ。彼女が巳雨の投げた狐面に乗り移ってくれたのだ。

「あと」と巳雨がつけ加える。「グリの話だと、松島の鹽土老翁神さまも鎮まってくれたって。詳しい話は知らないけど、鬼みたいな人も消えたし、火事も収まってきたって」

「結界は?」

「何とか大丈夫だって、ばあちゃん先生が言ってた」

「そう……」

彩音は、まだ地面に転がったままの磯笛に、そして、ゆっくりと高村へと視線を移した。

「どうするの? これでもまだ、この国を壊そうとするの」

「確かに」と高村は答えた。「塞鬼も雷夜も死んだようだな。気配が消えた」

「磯笛も朧夜も死んだわ。あなたの部下はもういないでしょう。それに今、何人もの女性たちが祈り続け、この国の護りを神々にお願いしている。あなたたち魔界のモノに、この祈りを壊せるの?」

「他愛もない話だが」

と言ってから、高村はチラリと巳雨を見た。そして、すぐに視線を逸らせる。

「いいだろう。今日のところは、一旦去ろう。しかし忘れてはならぬ。おまえたち人間が、このようにいつまでも神に対する不敬、不遜な態度で接する限り、私はまた必ずやって来る。新しい魔界のモノたちを引き連れてな」

「待ちなさい！」

彩音は叫んだが、

「オン・サラバ」

高村は黒い和服を翻すと、あっという間に木立の中に消えてしまった。やはり、実体ではなかったのかも知れない。

そんなことを思っていると、

「大丈夫ですか、彩音さん」

陽一が、ヨロヨロと歩いて来た。

「あなたこそ、平気だった？」

「両手足くらいは、地獄に落ちた気がしましたけど」陽一は笑った。「でも、凄いですよ、彩音さん。あの高村を、諦めさせるなんて」

いいえ、と彩音は首を振った。

「私じゃないわ。巳雨よ」

「え？」

「巳雨の後ろ」

と言われて陽一が巳雨を見ると、もう夕方近いというのに、背後からキラキラと朝日のような光が差していた。

「市杵嶋姫命だ！」

「巳雨と一緒にいてくださったのね」

さすがの高村も、市杵嶋姫命を敵に回したくはなかったのだろう。当然、彼女の側には素戔嗚尊と饒速日命がいる。そして二柱の神共に、冥界の王として君臨しているのだから。

彩音は手を合わせ、陽一はお辞儀する。

巳雨は、一瞬キョトンとしたが、

「あれ？」

地面に目を移すと、何かを拾い上げた。

「綺麗な玉」

えっ、と彩音は巳雨からそれを受け取る。

「道反玉（ちがえしのたま）！」

「きっと、磯笛が落として行ったんです」陽一も叫んだ。「そうだ。早く戻りましょう。もう時間がない！」

「克美さん、車に乗せて」

「もちろんです」

克美は答えた。

しかし、もうすぐ夕暮れだ。早くしないと、陽が沈む。

摩季――。

彩音は、道反玉を固く握りしめた。

＊

〃え……〃

御山神社境内で、栞はふと顔を上げる。

周りの様子が、変わった。

先ほどまで満ちていた怒りも悲しみも、忿怒も憐憫の感情もなくなっている。

ついに市杵嶋姫命が、鎮まられたのだろうか。

栞の思いが、祖母・夕の思いが、そしてこの宮島の人々の思いが、市杵嶋姫命に届いたのだろうか。

それとも、彩音たちのもとで何か変化があったのか。

どちらにしても、

〝ありがとうございます！〟

栞は、社に向かって深く頭を下げる。

すると、ふわり、と暖かく優しい風が栞の全身を包んだ。

その風は段々と大きくなり、辺りの空気を巻き込んで、麓へと緑の木々を揺らして降りてゆく。

〝市杵嶋姫命さま……〟

栞と武彦は、その柔らかい風を見送る。きっと姫さまが、嚴島神社まで、麓の神々を鎮めに行ってくれたのだ。

〝どうかこれからも、私たちのために、この島に所祭(いつかれよ)〟

栞は、心から祈った。

＊

突然、天橋立の黒松の倒壊が止まった。

その光景を祈美子たちは、籠神社境内から眺めていた。

「どうしたんだろう……」

呟く光昭に、

「鎮まられた」祈美子は前を見つめたまま、答える。「全ての神々が。饒速日命も、市杵嶋姫命も、鹽土老翁神も……。ということは、豊受大神も、宇迦之御魂大神も、そして稲荷大神も」

そう言って目を閉じた祈美子の頰を、涙が伝う。

「……ありがとうございました。私たちを、この国をお護りいただき」

「でも」光昭は首を傾げる。「一体、何があったんだろう」

「分からない」祈美子は首を振る。「きっと、どこかで何かの奇跡が起こったのよ」

「奇跡？」

「誰かの、いえ、みんなの命懸けの行動と思いが、神に届いた。神と人とを繋いでいる女性たちの……」

「じゃあ」と光昭は微笑む。「祈美ちゃんも、その一人だね」

「分からない」祈美子は、小さく首を振った。「でも、またこんなことが起こったら、命を懸ける。何があってもこの国土を壊してはだめ。稲荷山ももちろんだけど、この天橋立は特に。だってここは、天と地、神と人を繋ぐ大きな参道なんだから」

そう言って光昭に寄り添うと、祈美子は遠くを見つめて、心の中で呟いた。

〝……籠之大明神は、是れ日本第一の神明……〟

＊

松島湾に打ち上げられた京たちの体は、地元の救急隊員によって安全な海岸線まで運ばれた。しかし、相変わらず道は大渋滞で、まだ救急車が到着しない。

「どうだ、様子は！」

一人の隊員が叫ぶ。

「男の方は、完全に無理のようだが、若い女性は……いや、間に合わないかな」

「くそっ」隊員は唇を噛む。「こんな時だ。どこもかしこも渋滞の上に、救急車も出払っているんだ」

「今ここで、できる限りのことはやってみる」

「そうだな。何かきっかけさえあれば、蘇生しそうなんだが……無理かな」

「とにかく、あらゆる手を尽くそう」

「もちろんだ」

——という会話を、佐助は聞いた。

傀儡師・六道佐助。

完全に死人を蘇らせるのは不可能だが、多少でも命が残っていれば。

〝ここは、腕の見せ所じゃわ〟

佐助は、そろそろと隊員たちに近づく。そして適当な距離を置いて、口の中で呪文を一心に唱える。

「御魂振りて、布瑠部由良由良と布瑠部……」

やがて――。

「おいっ」隊員の声が響く。「女性が、蘇生したぞっ」

「本当だ。やったな！」

「凄い生命力だ」

「後は、病院に任せよう。だが、ここまで復活していれば、おそらく大丈夫だろう」

嬉しそうな会話が交わされ、遠くから、京を搬送するための救急車のサイレン音が聞こえてきた。

〝間に合ったな〟

佐助は、歩きだす。

松島の騒動も、山場を越えたようだ。まだ喧噪は続いているが、徐々に落ち着いてゆくだろう。

すると、佐助の頭の中で声が聞こえた。

〝ああ、おまえか〟

〝おまえにそう言ってもらえれば、わしもここまでやって来た甲斐があったというものじゃわ〟

〝ニャンゴ〟

〝ニャンゴ……〟

〝いや。わしこそ、ありがとうよ〟

佐助は微笑みながら、ゆっくりと駅に向かった。

＊

彩音たちは家に戻ると、雛子に今までの経緯と出来事を全て伝え、磯笛が神田明神で落として行った「道反玉」を手渡した。

雛子も喜んだが、しかし神宝は——。

もともと辻曲家に伝わっていた「生玉」「足玉」。

大神神社で、グリが鳴石から手に入れた「蛇の比礼」。

栞が貸してくれている、嚴島神社の「辺津鏡」。

巳雨が稲荷神から預かった「八握剣」。

そして今回の「道反玉」。

全部で六種だ。

おそらく、とても足りない。

「あの男――高村皇も、持っているね」雛子は言った。「しかし、もう地獄へ戻ってしまったろうから、私たちには手の出しようがない」

「何とかなるでしょうか……」

時計を眺めながら、彩音は尋ねる。

午後六時。

あと六時間で日付が変わる。午前零時を過ぎれば、摩季の初七日だ。不動明王によって、あの世へと強く導かれてしまう。

既に摩季の遺体は、月山葬儀店によって、極秘裏に了の部屋に運び込まれた。あとはただ――蘇ってもらうだけ。

「それでも」と雛子は言った。「何とか、怨霊たちの不気味な蠢き(うごめ)は消えているからね。やれるところまで、やってみよう」

「お願いします！」

そう言ったのが、五時間前――。

居間では彩音と陽一と巳雨とグリ、そして克美が、誰一人として一言も口をきかず、じっと待っている。古い柱時計が、コチ……コチ……と、時を刻むだけだった。

「ニャンゴ……」

グリが小さく鳴く。

「そうね」彩音は、弱く微笑む。「佐助さんの力を借りれば、少しは可能性が高くなったかも知れない。でもあの人は今日、京さんを助けるために、その力を使った。だから、疲労困憊(こんぱい)して家で倒れているんでしょう」

「ニャンゴ……」

「いいえ。素晴らしいことよ、グリ」彩音はグリの頭を撫でた。「すごく感謝してる」

彩音の言葉が終わると、再び沈黙が訪れ、ただ柱時計の針だけが進んだ。

やがて、
ボン……ボン……ボン……。

と、十一時を打った。

彩音たちが、ハッと顔を上げた時、カラリと戸が開いた。

雛子だ。

全員で駆け寄って、雛子を抱きかかえてソファに座らせる。

「先生！」彩音は尋ねる。「摩季はっ」

その問いに、雛子は力なく首を振った。

「ダメだ……」

「えっ」

「やはり、神宝の数が足りなすぎる。おそらく、これ以上は無理だし、このまま続けていると了ちゃんの命も危ない」

「そんな……」

「十種の神宝の呪文はもちろん、真言も唱えた。何度も『オン・ビ・キシャ・リ・ビ・キシャ・レ・ソワ・カ』とね。でも、ダメだった」

「日付が変わるまで、あと一時間を切りました！」陽一も言う。「何とか方法は――」

「力のない婆で情けないが、ここまでだ」

「もう完全に無理なんですか……」

そうだね、と雛子は彩音の差し出すお茶を一口飲んだ。

「このままじゃ」

「このまま？」彩音は尋ねる。「というと――」

ああ、と雛子は大きく嘆息した。

「たった一つだけあるが……それも」

「どういう方法ですか！」陽一は勢い込む。「どんな方法でも、ほんの僅かでも望みがあれば」

「あっ」

彩音は声を上げ、陽一と顔を見合わせると、口を閉ざした。

「それは何？」巳雨が尋ねる。「どんな方法なの」

しかし、

「いや」と雛子は言う。「止めておこう……」

「止めないで！　教えてよ」

「ニャンゴ！」

二人の声に雛子は、彩音と陽一を見上げた。

そして「ふうっ」と溜息を吐くと説明する。

「あんたたちも、どこかで聞いたことがあるだろう。晴明は昔、三井寺の僧・智興に、泰山府君の術を執り行って、見事に蘇らせた。まあ、智興はまだ完全にあの世に行っていなかったし、この術も当時としては、それほど難しいものではなかった」

「じゃあ」巳雨は訴える。「それをやって！」

でもね、と雛子は言う。

「今回の場合と微妙に違うんだ。ただ、同じなのは——誰か、身代わりになる人間、つまり力が必要になるってことだ」

「身代わり……？」

「晴明の時と同じように、他の人間が自分の命を差し出して、その人間を蘇らせるというわけだよ。もちろん、こんな婆さんで良ければ、私も喜んで代わってあげたいんだけど、さすがに神宝四つ分の力はない」

雛子は頭を下げた。

「そんなこと！」

「すまないねえ、だらしのない婆で」

彩音が雛子の手を取ると、

「ニャンゴ！」

グリが鳴いた。そして雛子の膝の上に飛び乗る。

「あんた……」雛子は、見えない目を大きく見開いた。「でも、あんたは来世、人間に生まれ変われるんだ。それなのに、ここでその力を使ってしまっては――」

「ニャニャンゴッ」

グリは、雛子にすがりつく。

確かに、食べ物もなく死にそうになっていたところを巳雨に拾われて、摩季に「グリザベラ」という名前をつけてもらった。それ以来、ここ辻曲家の一員となっていた。その恩返しというのだろうが――。

「ダメよっ」巳雨が叫んだ。「グリは、ちゃんと生まれ変わりなさい！　たすけのおじいちゃんだって、待ってるんだから。ばあちゃん先生っ。巳雨を使って。いつも摩季姉ちゃんに、宿題を教えてもらってたし、いっぱい遊びに連れて行ってもらったし。だから、巳雨が代わる！」

「何を言ってるの！」彩音は叱った。「摩季は確かに、あなたを可愛がっていた。それなのに、あなたが自分の身代わりになったなんて知ったら、摩季がどれだけ悲しむと思う？　バカなことを言わないで。先生」

彩音は雛子を見た。

「私を使ってください。まだ、間に合いますよね。行きましょう」

「お姉ちゃん！」

「ニャンゴ！」

雛子にすがりつく全員は、思いきり後ろに飛ばされて尻餅をつく。

「え……」

唖然とする皆の前で、

「もちろん、ぼくが」と陽一が言った。「行きます。摩季――いえ、妹の代わりに」

「妹？」

不思議な顔をする巳雨の隣で、

「陽一くんっ。あなた――」

　と呼びかける彩音を手で制すと、

「ぼくは」と陽一は続けた。「きっと、この時のために、この世に残っていたんだと思います。そもそも」

　陽一は全員を見回して笑う。

「とっくに死んでいるんですから、考えるまでもありません」

「あんた……」

「先生。ぼくの力で足りますか？」

「あ、ああ」雛子は頷く。「充分だろうが……」

「じゃあ、お願いします」

「とは言っても――」

　いえ、と陽一は明るく笑った。

「ぼくは、もうこんな体ですからね。それが、妹のためになるならば、こんな幸せなことはありません。さあ、急ぎましょう」

　と言って陽一は、無理矢理に雛子を立ち上がらせた。そして彩音たちに振り向く。

「摩季によろしく。毎年、お盆には帰ってこられるんですから、それほど悲しくはありませんよ。むしろ、摩季のために自分の命を使えるなんて、幸せです。ただ……」

「ただ？」

「摩季から、兄さんと呼んでもらえなかったことだけが、ちょっと残念だけど」

「兄さん？」

キョトンとする巳雨に、彩音は説明する。

実は、摩季は陽一の本当の妹で。しかし天橋立の事故に続く陽一の殺害事件で、それまでの記憶が封じられてしまい――。

「そうだったのね！」

巳雨は、陽一の手を握った。

「でも、巳雨はずっと陽ちゃんのこと、お兄さんだと思ってたよ。本当だよ」

「ニャンゴ」

「ありがとう」陽一は心から嬉しそうに微笑んだ。「じゃあ、行ってくるね。先生、お願いします」

「あんたは、間違いなく成仏・浄霊される」雛子は言った。「ほんのちょっとだけ先に行って、その時が来たら私を導いておくれ」

「任せてください」

陽一は明るく微笑んだ。

＊

猫柳珈琲店のいつもの席で、火地はプカリと煙草をふかした。そこに伶子が、淹れたてのコーヒーを運んでくる。

「あちらも、色々と片づいたみたいですね」

微笑む伶子に、火地は言う。

「あんたも、大変じゃったな。我が儘な奴らが多くて」

「でも、面白い経験を積みました」

「何の役にも立たんが」

また、と伶子は笑った。

「相変わらず、そんなことばかり言って」

「本心じゃ」と火地は、煙を吹き上げる。「じゃがこれで、あのバカどもに邪魔されず、仕事に専念できる」

「本当は、ちょっと淋しいんでしょう」

「バッ、バカなことを言うな！」火地は、プカプカと煙草をふかした。「ようやく肩の荷が下りて、少し体が軽くなったような気がするわい」

そういえば、と伶子は火地を真剣な眼差しで見つめた。

「火地さん、あなた……」

「何じゃ？」

「あなたの体、少し透明になってきているわよ」

「最初からじゃ」

いいえ、と伶子は首を振った。

「私から見て、透明になっている。ということは……もしかして火地さん、地縛が解けたんじゃないですか！」

「何だと」

「きっとそうよ」伶子は大きく頷いた。「あの子たち、つまり自分以外の人たちのために持っている力を使ったから、そのおかげで地縛が解けたんです！」

「え……」

「良かったですねえ」

「いや……」と火地は、まだ疑わしそうに自分の体をじろじろと見た。「しかし、わしは、このままでも……」

「何を言ってるんですか！」伶子はたしなめる。「早く、天界へ行く準備をして。このチャンスを逃したらあなたは、地球が丸ごと地獄になってしまうまで、ここに居なくてはいけないのよ。急いで、急いで」

「いや……その……しかし」

火地さん、と伶子は微笑む。

「もしかして、私のことを思ってくれているのね」

ゴホゴホ、とむせる火地に向かって伶子は言った。

「でも、私は大丈夫。十三回忌には浄霊されることになっているから。今まであなたには言えなかったけど、この間知らされたのよ」

「そ、そうなのかね」

「ええ。だから、一足先に行って、旦那と一緒に迎えに来てくださいね。私が迷わないように」

そうしたら、と火地は伶子を見た。

「また向こうで、美味しいコーヒーを淹れてくれるかの？」

「もちろんですよ」

伶子は泣きながら微笑んだ。

《エピローグ》

摩季が目を開くと、そこには見慣れた顔があった。

彩音、巳雨、グリ、雛子、そして雛子の家で会った……克美さんだったか。

でも、

「ここは？」

寝かされていた布団から起き上がろうとした摩季に、

「摩季姉ちゃん！」巳雨が、大粒の涙を流しながら抱きついてきた。「みんないるよ！　みんなで、待ってたんだよっ」

「ニャンゴ！」

グリも飛びついてくる。

「摩季」彩音も泣いていた。「お、お、お帰りなさい」

「私――」

摩季は、巳雨とグリに抱きつかれたままの体を起こして、記憶を辿る。

そうだ。

あの時、鎌倉で大磯笛子に襲われて。

それから、そのまま——。

すると雛子が、

「あんたはね」

と言って、この七日間のことを、とても簡潔に説明してくれた。

「そうだったんですね」

摩季は目を丸くしたが、まだ到底、全てを呑み込めない。

「それで……了兄さんは？」

「あっちの部屋で、いびきを掻いて寝てるよ。何しろ必死、命懸けだったからね。あとでお礼を言っておきな」

「もちろんです」摩季は大きく頷いた。「あと……陽一くんは？」

「それがね」と彩音は、少し顔を曇らせる。「もう、この世にはいなくなってしまったの」

「えっ。どうして！」

「これから、ゆっくり説明してあげるわ。とても長いお話をね」彩音は淋しそうに微笑んだ。「でも、近くに感じるでしょう」

うん、と摩季は頷いた。

「何となくだけど、今もここにいるような気がする」

「陽ちゃんはね」雛子が言う。「摩季ちゃんのために、一所懸命に頑張ってくれたんだ。あの子にも、ありがとうって言ってやっておくれ」

「はい……。でも、陽一くんがいなくなっちゃうと、少し淋しくなるな」

「いつでも会えるよ！」

「ニャンゴ！」

巳雨とグリの声に、

「ああ、そうだわ」と彩音は言う。「摩季の体調が、もう少し戻ったら、みんなで神社巡りに行きましょう。たとえば、日本三景なんて、どう？」

「日本三景？」摩季は首を傾げた。「どうしてまた、そんな——」

「あなたが寝ている間に、とても素敵な女性のお友だちが、何人もできたのよ。ぜひ、紹介するわ。あと、父さんたちの天橋立の事故、あれも再捜査されることになったって連絡が来たのよ。詳しいことは、またお知らせしますって」

「警察から？」

「京都府警の可愛らしい女性の刑事さんとも、知り合ったの。京都に行ったら、彼女にも会わせてあげる」

そしてその際、籠神社や真名井神社に放火した犯人も逮捕したと連絡があった。目撃者情報とほぼ同じ姿形の男性が、浦嶋神社近くで倒れていたらしい。まるで「天罰」に当たったように、気を失っていたのだという――。

「それと」巳雨も叫んだ。「市杵嶋姫命さまにも紹介してあげるね。巳雨のお姉ちゃんです、って」

「市杵嶋姫命？」摩季は笑った。「また巳雨は、相変わらずそんなことばかり言って、私をからかうんだ」

「え……本当なのになあ」巳雨は頬を膨らませて、グリの頭を撫でる。「ねえ、グリ」

「ニャンゴ……」

とにかく、と彩音は言って涙を拭った。

「本当に良かった。陽一くんも、きっと喜んでいると思う。ずっと私たちの力になってくれていたから」

「そう」と言って、摩季は微笑む。「陽一くん、ありがとう」

そして、目を閉じて呟いた。

「摩季は最初からずっと、本当のお兄さんのように思ってた」

参考文献

『古事記』次田真幸全訳注／講談社
『日本書紀』坂本太郎・家永三郎・井上光貞・大野晋／岩波書店
『続日本紀』宇治谷孟／講談社
『魏志倭人伝・後漢書倭伝・宋書倭国伝・隋書倭国伝』石原道博編訳／岩波書店
『風土記』武田祐吉編／岩波書店
『常陸国風土記 全訳注』秋本吉徳全訳注／講談社
『今昔物語集』池上洵一編／岩波書店
『おくのほそ道（全）』角川書店
『日本史広辞典』日本史広辞典編集委員会編／山川出版社
『神道辭典』安津素彦・梅田義彦編集兼監修／神社新報社
『日本架空伝承人名事典』大隅和雄・西郷信綱・阪下圭八・服部幸雄・廣末保・山本吉左右編／平凡社
『日本伝奇伝説大事典』乾克己・小池正胤・志村有弘・高橋貢・鳥越文蔵編／角川書店
『一寸法師・さるかに合戦・浦島太郎』関敬吾編／岩波書店

『隠語大辞典』木村義之・小出美河子編／皓星社
『鬼の大事典』沢史生／彩流社
『古代丹後王国は、あった』伴とし子／東京経済
『卑弥呼の孫　トヨはアマテラスだった』伴とし子／明窓出版
『真説　邪馬台国　天照大御神は卑弥呼である』安本美典／心交社
『日本三景の謎』宮元健次／祥伝社
『天孫降臨の謎』関裕二／ＰＨＰ研究所
『神田明神史考』神田明神史考刊行会編纂・発行
「史蹟　将門塚の記」史蹟将門塚保存会
『元伊勢の秘宝と国宝海部氏系図』海部光彦／元伊勢籠神社社務所
『古代海部氏の系図〈新版〉』金久与市／学生社
「元伊勢籠神社御由緒略記」元伊勢籠神社
「むなかたさま　その歴史と現在」宗像大社
「宇佐神宮」宇佐神宮庁
「宇佐神宮由緒記」宇佐神宮庁
「倭姫命御聖跡巡拝の旅」倭姫宮御杖代奉賛会
観世流謡本「松浦佐用姫」伊藤正義補訂著作／観世清和訂正著作／檜書店

この作品は完全なるフィクションであり、
実在する個人名・団体名・地名等が登場することに関し、
それら個人等について論考する意図は全くないことを
ここにお断り申し上げます。

高田崇史オフィシャルウェブサイト『**club TAKATAKAT**』
URL：https://takatakat.club/　管理人：魔女の会
Twitter：「高田崇史@club-TAKATAKAT」
Facebook：「高田崇史Club takatakat」　管理人：魔女の会

『神の時空　前紀　女神の功罪』

『毒草師　白蛇の洗礼』

『QED ～ortus～　白山の頻闇』

『古事記異聞　鬼棲む国、出雲』

『古事記異聞　オロチの郷、奥出雲』

『試験に出ないQED異聞　高田崇史短編集』

『QED　優曇華（うどんげ）の時』

（以上、講談社ノベルス）

『毒草師　パンドラの鳥籠』

（以上、朝日新聞出版単行本、新潮文庫）

『七夕の雨闇　毒草師』

（以上、新潮社単行本、新潮文庫）

『卑弥呼の葬祭　天照暗殺』

（以上、新潮社単行本、新潮文庫）

『源平の怨霊　小余綾（こゆるぎ）俊輔の最終講義』

（以上、講談社単行本）

《高田崇史著作リスト》

『QED　百人一首の呪(しゅ)』
『QED　六歌仙の暗号』
『QED　ベイカー街の問題』
『QED　東照宮の怨(えん)』
『QED　式の密室』
『QED　竹取伝説』
『QED　龍馬暗殺』
『QED ～ventus～　鎌倉の闇(くらやみ)』
『QED　鬼の城伝説』
『QED ～ventus～　熊野の残照』
『QED　神器封殺』
『QED ～ventus～　御霊将門』
『QED　河童伝説』
『QED ～flumen～　九段坂の春』
『QED　諏訪の神霊』
『QED　出雲神伝説』
『QED　伊勢の曙光』
『QED ～flumen～　ホームズの真実』
『QED ～flumen～　月夜見(つくよみ)』
『毒草師　QED Another Story』
『試験に出るパズル』
『試験に敗けない密室』
『試験に出ないパズル』
『パズル自由自在』
『千葉千波の怪奇日記　化けて出る』
『麿の酩酊事件簿　花に舞』
『麿の酩酊事件簿　月に酔』
『クリスマス緊急指令』
『カンナ　飛鳥の光臨』
『カンナ　天草の神兵』
『カンナ　吉野の暗闘』
『カンナ　奥州の覇者』
『カンナ　戸隠の殺皆』
『カンナ　鎌倉の血陣』
『カンナ　天満の葬列』
『カンナ　出雲の顕在』
『カンナ　京都の霊前』
『鬼神伝　龍の巻』
『神の時空　鎌倉の地龍』
『神の時空　倭の水霊』
『神の時空　貴船の沢鬼』
『神の時空　三輪の山祇』
『神の時空　嚴島の烈風』
『神の時空　伏見稲荷の轟雷』
『神の時空　五色不動の猛火』
『神の時空　京の天命』
(以上、講談社ノベルス、講談社文庫)
『鬼神伝　鬼の巻』
『鬼神伝　神の巻』
(以上、講談社ミステリーランド、講談社文庫)
『軍神の血脈　楠木正成秘伝』
(以上、講談社単行本、講談社文庫)

●この作品は、二〇一七年四月に、講談社ノベルスとして刊行されたものです。

|著者|高田崇史　昭和33年東京都生まれ。明治薬科大学卒業。『ＱＥＤ　百人一首の呪』で、第９回メフィスト賞を受賞し、デビュー。歴史ミステリを精力的に書きつづけている。近著は『源平の怨霊　小余綾俊輔の最終講義』『QED　憂曇華の時』など。

神の時空　京の天命

高田崇史

講談社文庫
定価はカバーに
表示してあります

2020年２月14日第１刷発行

発行者――渡瀬昌彦
発行所――株式会社　講談社
東京都文京区音羽2-12-21　〒112-8001
電話　出版（03）5395-3510
　　　販売（03）5395-5817
　　　業務（03）5395-3615

Printed in Japan

デザイン―菊地信義
本文データ制作―講談社デジタル製作
印刷―――豊国印刷株式会社
製本―――株式会社国宝社

ISBN978-4-06-518351-9

講談社文庫刊行の辞

二十一世紀の到来を目睫に望みながら、われわれはいま、人類史上かつて例を見ない巨大な転換期をむかえようとしている。

世界も、日本も、激動の予兆に対する期待とおののきを内に蔵して、未知の時代に歩み入ろうとしている。このときにあたり、創業の人野間清治の「ナショナル・エデュケイター」への志を現代に甦らせようと意図して、われわれはここに古今の文芸作品はいうまでもなく、ひろく人文・社会・自然の諸科学から東西の名著を網羅する、新しい綜合文庫の発刊を決意した。

激動の転換期はまた断絶の時代である。われわれは戦後二十五年間の出版文化のありかたへの深い反省をこめて、この断絶の時代にあえて人間的な持続を求めようとする。いたずらに浮薄な商業主義のあだ花を追い求めることなく、長期にわたって良書に生命をあたえようとつとめるところにしか、今後の出版文化の真の繁栄はあり得ないと信じるからである。

同時にわれわれはこの綜合文庫の刊行を通じて、人文・社会・自然の諸科学が、結局人間の学にほかならないことを立証しようと願っている。かつて知識とは、「汝自身を知る」ことにつきていた。現代社会の瑣末な情報の氾濫のなかから、力強い知識の源泉を掘り起し、技術文明のただなかに、生きた人間の姿を復活させること。それこそわれわれの切なる希求である。

われわれは権威に盲従せず、俗流に媚びることなく、渾然一体となって日本の「草の根」をかたちづくる若く新しい世代の人々に、心をこめてこの新しい綜合文庫をおくり届けたい。それは知識の泉であるとともに感受性のふるさとであり、もっとも有機的に組織され、社会に開かれた万人のための大学をめざしている。大方の支援と協力を衷心より切望してやまない。

一九七一年七月

野間省一